Axel Berger

Der Fallensteller

Axel Berger, 1971 in Bremen geboren, ist Publizist sowie Gründer und Mitinhaber der Werbeagentur Mangoblau. Mit seiner Lebensgefährtin Marlies Mittwollen, einem Hund und einer Katze lebt und arbeitet er überwiegend in Oldenburg (Oldb.).

Mehr Informationen zu den Romanen von Axel Berger finden Sie im Internet unter
www.oldenburgkrimis.de
oder auf Facebook:
www.facebook.com/oldenburgkrimis

Für Informationen zu Neuerscheinungen und Buchempfehlungen des Schardt Verlags schicken Sie uns gerne eine E-Mail mit dem Stichwort »Oldenburg« an
kontakt@schardtverlag.de

Axel Berger

Der Fallensteller

Der erste Fall für Vollmers, Frerichs & Melchert

Kriminalroman

Schardt Verlag

Originalausgabe – Erstdruck

Bibliografische Information *Der Deutschen Bibliothek*

Die Deutsche Bibliothek verzeichnet diese Publikation in *Der Deutschen Nationalbibliografie;* detaillierte bibliografische Daten sind im Internet über *www.d-nb.de* abrufbar.

Besuchen Sie uns im Internet:
www.oldenburgkrimis.de
www.schardtverlag.de

Titelbild und Umschlaggestaltung:
Marlies Mittwollen, Mangoblau GbR
www.mangoblau.de

2. überarbeitete Auflage 2014

Metzer Str. 10 A
26121 Oldenburg
Tel.: 0441-21779287
Fax: 0441-21779286
E-Mail: kontakt@schardtverlag.de
www.schardtverlag.de
Herstellung: AALEXX Buchproduktion GmbH, Großburgwedel

ISBN 978-3-89841-724-2

Ich widme das Buch der Stadt Oldenburg –
dafür, dass sie so ein wunderschöner,
lebenswerter Ort voller Geschichten ist!

»Der gesunde Menschenverstand ist blind
sowohl für das äußerste Böse
wie für das höchste Gute.«
Karl Jaspers

Jetzt aber tauchte ich Dich ein in meine Giftwelt und Giftzeit. Du begegnetest Dämonen, Riesen, die die Erde zermalmten und sie in Traumesschnelle wieder aufbauten. Du folgtest den rasenden Göttern, erkanntest den Alp, der Dich mit Ängsten peitscht. Du sahst die Himmel alle und alle kochenden Höllen, die Götter in ihrem Glanz, das vollkommene Wissen, die Musik endgültiger Gesetze – das alles erfuhrst Du, weil es mitteilbar ist. Was Dich aber nicht erreichte, ist das Glück des Schaffens und der Tat, denn die Gifte geben Dir nicht diesen Morgen, diese feurige Klarheit und die Gewissheit Deiner unvergänglichen Jugend.

Nachrede aus *Schatten der Nacht*
von Gustav Schenk, 1939

1

Dass hier etwas nicht stimmte, konnte man auf den ersten Blick nicht erkennen – doch man konnte es riechen. Ein widerwärtiger Geruch nach Verwesung hing über dem Zelt am Seeufer.

Er trat einen Schritt vor, im Halbdunkel der Dämmerung war nicht viel zu erkennen. Es war August. Eine milde Sommernacht. Etwa 22:30 Uhr. Die Sonne hatte für heute längst aufgegeben und versank zügig hinter dem Horizont. Nur wenige Menschenseelen verirrten sich um die Zeit noch hierher.

Die Badegäste waren mittlerweile nach Hause gefahren. Die meisten Angler hatten ihre Sachen gepackt und waren ebenfalls gegangen, oft mit vollen Eimern und einem zufriedenen Lächeln auf dem Gesicht. Im Sommer trafen sich hier viele Oldenburger, um zu grillen, zu feiern oder um einfach etwas in der Natur abzuhängen. Jetzt war nicht einmal mehr ein übermotivierter Jogger hier und drehte seine Runden. Ob das am Fernsehprogramm und an dem angekündigten Gewitter lag? Wie auch immer, er war hier, und er war allein.

Tonno trat vorsichtig einen Schritt näher heran. Durch seine Tätigkeit als Feuerwehrmann bei der Freiwilligen Feuerwehr in Sage kam ihm der Geruch unangenehm bekannt vor. Zu oft hatte er ihn schon gerochen. Bei Autounfällen, Bränden oder Überschwemmungen. Doch hier hätte er ihn nicht vermutet. Er blickte sich irritiert um. Nichts zu hören oder zu sehen. Und trotzdem stellten sich seine

Nackenhaare fast wie zu einer unterschwelligen Warnung auf. Normalerweise liebte Tonno diesen leichten Nervenkitzel. Doch diesmal war irgendwas anders.

Das pyramidenförmige, in Tarnfarben gehaltene Igluzelt stand friedlich vor ihm in der Dämmerung. Es war keine drei Meter vom Ufer des Kleinen Bornhorster Sees entfernt, direkt neben dem ansonsten sehr belebten kleinen Badestrand. Ein Fahrrad lag daneben im Gras. Tonno schaute sich erneut um, nichts und niemand schien in der Nähe zu sein. Er machte noch einen Schritt auf das Zelt zu, ging langsam in die Hocke und griff nach dem Reißverschluss, um ihn zu öffnen.

Sein Instinkt warnte ihn, aber die Neugier war zu groß. Behutsam zog er am Reißverschluss. Das Geräusch schien die Stille zu zerreißen. Ein Haubentaucher flog zeternd aus dem Schilf vor ihm auf und verschwand schimpfend über dem See.

Tonno beugte sich ein kleines bisschen weiter vor, um besser sehen zu können, da hörte er hinter sich ein Geräusch. Noch während er sich umdrehte, durchfuhr ihn ein höllischer Schmerz. Sein Hals schien in Flammen zu stehen. Ein etwa zwanzig Zentimeter langes Messer ragte aus ihm heraus. Ungläubig sah er eine Fontäne seines eigenen Blutes pulsierend gegen die Zeltwand spritzen. Er versuchte verzweifelt Luft zu holen. Sein Versuch erstickte in einem hilflosen Röcheln. Sterne begannen vor seinen Augen zu tanzen.

Sein letzter Gedanke war das lachende Gesicht seiner Tochter an ihrem zweiten Geburtstag – dann wurde es dunkel.

2

Vorsichtig lenkte Hauptkommissar Werner Vollmers seinen dunkelgrauen Saab 9-3 Diesel auf den mit Schlaglöchern übersäten Parkplatz am Ende der Straße Kleine Hamheide und stellte ihn unmittelbar vor der Bekanntmachungstafel direkt am Zugang zu dem kleinen Pfad ab, der zum See führte. Gleich drei Hundetrainer, ein Hundeknochenhersteller und ein örtlicher Gassigeh-Service warben auf der großen Holztafel für sich. Daneben hing ein handgemalter und -geschriebener Zettel von Annabel und Yasmin, die gegen ein kleines Taschengeld auch gerne Hunde ausführen wollten. Drei der zehn Abreißschnipsel waren bereits abgetrennt worden.

Vollmers blickte sich um. Der Parkplatz war, wie für diese Uhrzeit zu erwarten, verhältnismäßig leer. Neben einem Polizeiwagen und dem Smart seiner Kollegin Anke Frerichs stand nur noch ein silberner Fiat Stilo mit Cloppenburger Kennzeichen einsam und verlassen auf dem Parkplatz. Zu Spitzenzeiten, am Wochenende, wenn es richtig warm war, war der Parkplatz überfüllt von Fahrzeugen. Der Kleine Bornhorster See war, obwohl Naturschutzgebiet, zu einem echten Geheimtipp geworden. Nicht nur zum Baden. Auch Hundefreunde und FKK-Liebhaber kamen hier auf ihre Kosten.

Vollmers zog den Zündschlüssel ab und warf einen letzten prüfenden Blick in den Innenspiegel. Dreiundsechzig. Er stand knapp vor seiner Pensionierung. Das Alter hatte Spuren hinterlassen. Tiefer werdende Falten um die wachen Augen und die zunehmenden Altersflecken auf der von einem graubraunen Haarkranz umringten Glatze waren deutliche Zeugen.

Er war müde. Er hatte fast die gesamte letzte Nacht nicht geschlafen. Das Gerücht über das im Alter abnehmende Schlafbedürfnis schien zu stimmen. Doch was man mit der neu gewonnenen Zeit anfangen sollte, darauf hatte scheinbar keiner eine passable Antwort. Ziellos war er durch das Haus gelaufen, hatte von seinem Sessel aus in das dunkle Aquarium gestarrt und eine Zigarette nach der nächsten geraucht, bis der Anruf kam.

Er strich seinen Vollbart glatt, öffnete die Autotür – und trat mit dem Fuß genau in eine der riesigen Pfützen, die sich in einem der vielen Schlaglöcher gebildet hatte. »Verdammter Mist!« fluchte er. Auf einem Bein, mehr hinkend als hüpfend, versuchte er seinen braunen Camel-Schuh vergeblich wieder trocken zu bekommen.

Wolkenverhangen zeigte sich der Sommerhimmel von seiner schlechtesten Seite. Es regnete wieder, und ein paar dicke Tropfen ließen sich auf seinen selbsttönenden Brillengläsern nieder.

Vollmers hasste Regen in jeglicher Form. Vor allem aber hasste er kalten Regen im Sommer. Es war August. Eigentlich sollte es jetzt nicht regnen. Eigentlich.

Vor etwa einer Stunde hatte sich die Zentrale gemeldet. Mandy Dittchen, die kleine zierliche Blondine, war dran gewesen. Sie hörte sich sehr aufgeregt an und stammelte erst ein paar unverständliche Sätze. Vollmers musste sie beruhigen. Als sie ihm dann in Ruhe die Fakten schilderte, konnte er ihre Nervosität nachvollziehen. Ein zweifacher 107er am Kleinen Bornhorster See lag an. Dieser Code stand für einen Leichenfund. Nicht zwingend für einen Mord, aber wenn sie ihn, Vollmers, alarmierten, lag die Wahrscheinlichkeit sehr nah, dass das Opfer nicht auf natürliche Weise ums Leben gekommen war. Schon gar nicht, wenn zwei Leichen zugleich im Spiel waren.

Vollmers schüttelte sich. Nicht nur das Wetter deutete darauf hin, dass es ein unschöner Tag werden würde. Er öffnete die hintere Tür des Saabs und wühlte unter einer Decke, die er immer auf dem Rücksitz liegen hatte, nach seinem Schirm, der neben der obligatorischen Colaflasche und den Tropfen gegen Unwohlsein immer dort verstaut war. Nachdem er den Schirm gefunden hatte, umrundete er das Auto, ging zum Kofferraum, zog die dort deponierten knallgelben Gummistiefel an und setzte seinen alten grauen Hut auf. Dann schloss er den Kofferraum, verriegelte den Wagen mit der Fernbedienung und verstaute sie tief in seiner Anoraktasche. Danach zündete er sich mit einem alten abgewetzten Dupont-Feuerzeug eine Zigarette an, nahm zwei kräftige Züge, genoss das Kratzen des Rauchs im Hals und machte sich auf den Weg zum Fundort der Leichen.

Das rot-weiße Gestell am Eingangsbereich zum See, das sonst die Durchfahrt von Fahrzeugen verhindern sollte, hatte man aus seiner Halterung gezogen und an die Seite gelegt. Tropfen glänzten auf dem matten Metall. Langsam ging Vollmers weiter. Reifenspuren zogen sich den Weg entlang und liefen langsam voll Wasser. Nach etwa hundert Metern hielt er sich links und ging in Richtung Badestrand, wo er aus der Ferne, auf einer kleinen Anhöhe, bereits das rote DLRG-Häuschen erkennen konnte. Die breite Fensterfront schien geradezu auf den See hinaus zu starren.

Immer noch ein wirklich hübsches Stückchen Erde, dachte er, während er sich umsah und dabei versuchte, den diversen Pfützen auf dem steinigen Weg auszuweichen. Früher war er gerne hierhergekommen. Er war oft um den See gewandert, um den Kopf freizukriegen. In der Regel brauchte er ungefähr eine halbe Stunde für die zwei Kilometer. Doch dann passierte diese Sache mit dem Taxifahrer. Unweit von hier hatten Passanten seine schrecklich zugerichtete Leiche gefunden. Vollmers und seine Kollegen hatten sofort eine Mordkommission eingerichtet und sich an die Fersen des Mörders geheftet. Man ließ ein Phantombild erstellen. Die Eckdaten des Täters: männlich, etwa 170 Zentimeter groß und braunhaarig. Ein 19-Jähriger wurde verdächtigt, der auf seiner Flucht weiter für Angst und Schrecken sorgte. Diesmal wollte man andere Wege gehen, informierte die Presse und bat um Zusammenarbeit. Man hoffte auf die Unterstützung der Öffentlichkeit. Eine Anweisung von oben – und ein schwerer Fehler, wie sich herausstellen sollte. Der Fall geisterte sensationslüstern durch die Presse. Fakten wurden dramatisiert und auflagesteigernd optimiert. Das Chaos war perfekt. Vollmers hatte sich damals mit Händen und Füßen gegen diese Strategie ausgesprochen und sich darüber sogar fast mit seinem Vorgesetzten und seiner Kollegin Anke Frerichs entzweit. Als kurz danach eine weitere Taxifahrerin schwer verletzt wurde, wurde der Druck noch größer. Die Taxifahrer liefen Sturm und forderten tiefgreifende Schutzmaßnahmen seitens der Polizei. Sie drohten öffentlich mit Selbstjustiz. Einige fingen an, sich zu bewaffnen. Fahrgäste wurden verdächtigt und angegangen. Überall in der Stadt regierten Misstrauen und Angst. Gott sei Dank konnte der Täter kurze Zeit später in Bremen von Kollegen festgenommen werden. Ein gutes Ende – soweit man das nach einem Mord überhaupt sagen konnte. Zehn Jahre hatte der Täter damals bekommen. Zeugenaussagen und DNA-Spuren an den Tatorten ließen keine Zweifel zu. Sein Motiv war eindeutig Habgier gewesen. Das war nun ungefähr zwei Jahre her. Damals hatten die Bornhorster Seen für Vollmers ihren Zauber verloren. Der Dienst, die schlimmen Bilder seiner Arbeit hatten sich in sein privates Refugium gedrängt. Seitdem war er nie wieder hier gewesen. Er war dünnhäutiger geworden, älter und müder.

Hier hatte sich nicht viel verändert. Gut so, dachte Vollmers und ging langsam weiter. Der See lag wie immer unbeeindruckt von der Welt da. Langsam näherte Vollmers sich dem Badebereich. Er konnte den kleinen Aussichtsturm aus rostfreiem Stahl bereits erkennen. Gleich daneben standen zwei Kranken- und ein Streifenwagen. Die Warnlichter blinkten still vor sich hin. Etliche uniformierte Kollegen liefen aufgeregt durcheinander.

Vollmers ging an dem alten Metallmülleimer mit dem verblassten Aufkleber von *Bo's Laden für Raucherbedarf*, die überall in der Stadt die Laternenpfähle schmückten, vorbei, weiter durch die beiden Begrenzungspfosten, die das Areal zum Strand hin öffneten. Ein uniformierter Polizist kam auf ihn zu und stellte sich ihm in den Weg. Er erkannte Vollmers erst, als dieser bereits direkt vor ihm stand. Er nickte kurz, tippte an seine Mütze, tat einen Schritt zur Seite und ließ ihn passieren.

Irgendwie sieht der lächerlich aus, mit so einem dämlichen Plastiktütenüberzug über der Mütze, dachte Vollmers. Ein Schutzbezug für eine Mütze. So weit war es mittlerweile gekommen. Er musste schmunzeln, als er kurz darüber nachdachte, wie es wohl aussehen würde, wenn er sich ebenfalls so eine alte Plastiktüte über seinen ollen Schlapphut ziehen würde. Wenigstens hatte der Kollege schon eine von den neuen dunkelblauen Uniformen an und nicht mehr die alte in Beigegrün. Er hatte sich immer gefragt, wer und warum man damals diese merkwürdige Farbkombination für die deutschen Streifenpolizisten gewählt hatte. Es wäre zu viel gesagt, dass die Uniformen damals ein wichtiger Grund für seine Entscheidung für die Laufbahn im gehobenen Kriminaldienst gewesen waren, aber ganz unwichtig war ihm dieses kleine Detail auch nicht gewesen.

Gelb-schwarzgestreiftes Absperrband flatterte heftig im Wind. Vorsichtig bückte sich Vollmers darunter durch und jonglierte dabei ungeschickt mit seinem Schirm. Seine Kollegin Anke Frerichs war bereits bei der Arbeit. Sie kniete direkt vor dem Eingang eines in Tarnfarben gehaltenen Igluzeltes. Ein dunkelblaues, etwas schäbig wirkendes Fahrrad mit einem fest montierten Einkaufskorb auf dem Gepäckträger lag umgestürzt unweit neben ihr im Sand. Auf unwirkliche Weise schien es irgendwie dazuzugehören.

Ein Kollege in dem obligatorischen weißen »Ganzkörperkondom«, so nannten die Jungs von der Spurensicherung die sterilen Overalls, hockte daneben und ging ihr zur Hand. Der Anzug war über und über mit roten Flecken übersät. Wahrscheinlich Blut. Bereits bei seiner Alarmierung hatte die Kollegin in der Zentrale das Wort »Blutbad« fallen lassen. Ein weiterer Kollege mit einer riesigen Nikon knipste unablässig alles, was sich am und im Zelt tat. Sein paparazzihaftes Tun wurde von dem leisen, aber penetranten Fiepen begleitet, das durch den Aufladevorgang vom Akku des Blitzgerätes hervorgerufen wurde. Ein weiterer Fotograf machte Fotos von der Umgebung. Er nahm alles ins Visier, was auch nur im Entferntesten wichtig sein könnte: die grünen Mülleimer, die entlang des Weges standen, das Schild »Enten bitte nicht füttern«, das direkt hinter dem Zelt auf einem Metalpfahl stand, den Rettungsschwimmerhochsitz, Unrat, der hier massenweise herumlag, den Grillplatz am oberen Ende des Weges und die alte Bootshütte am anderen Ende des Strandabschnitts.

Andere Kollegen waren mittlerweile damit beschäftigt, die Mülleimer zu untersuchen. Zuerst oberflächlich von außen, dann vorsichtiger von innen. Alles, was sich in den Mülleimern befand, wurde sorgfältig in speziell dafür vorgesehene Beutel verpackt, nummeriert und beschriftet.

Vielleicht fanden sich hier irgendwelche Hinweise auf den oder die Täter. Ein unachtsam weggeworfenes Taschentuch, ein ausgespucktes Kaugummi oder eine Zigarettenkippe konnten manchmal Hinweise liefern, die später dank der fortschrittlichen DNA-Analysen zu einer Überführung führen konnten.

Am sonst so beschaulichen See war buchstäblich die Hölle los. Vollmers wischte sich einige Tropfen von der Brille und schaute sich weiter um. Nur zu oft verbarg sich der Täter oder die Täterin unter den anwesenden Schaulustigen. Doch hier gab es keine. Er konnte keine entdecken. Untypisch für einen Tatort. Vollmers ließ seinen Blick über den angrenzenden Waldrand gleiten und zündete sich eine weitere Zigarette an. Auf den ersten Blick schien sich auch niemand im Unterholz zu verbergen. So weit, so gut. Er wandte sich seiner Kollegin und dem Zelt zu.

»Was haben wir?« fragte er die schlanke Frau, die mit Jeans und einem schwarzem Windbreaker bekleidet vor dem Zelt hockte.

Die Kommissarin stemmte sich, eine Hand auf dem Oberschenkel abstützend, hoch, streifte sich dabei die Einweggummihandschuhe ab und kam steif ein paar Schritte näher zu ihm herüber. Sie überragte Vollmers fast um einen Kopf. Wasser tropfte aus ihren blonden Haaren. Auch sie sah müde aus. Wie immer war sie gerade so viel geschminkt, dass man es nur bei genauerer Betrachtung erkennen konnte. Für Anfang vierzig sah sie ausgesprochen gut aus. Nicht wie ein Model, aber ohne Zweifel war sie ein Hingucker.

Unter seinem Schirm hervor beobachtete Vollmers sie sehr genau. Die Sache schien schon jetzt an ihr zu nagen. Sie wollte sich zwar nichts anmerken lassen, aber er konnte es trotzdem sehen. Seit über zwölf Jahren waren sie jetzt Kollegen, ein Team. Da wusste man, was mit dem anderen los war. Zu viel hatte man zusammen erlebt, zu viele schlimme Dinge gesehen, in zu viele Abgründe geblickt.

»Wir haben zwei Leichen. Zwei Männer. Beide schätzungsweise Anfang Mitte dreißig. Der eine hat ein Messer im Hals, er ist wohl verblutet. Bei dem zweiten ist die Todesursache noch unklar. Er hat lediglich eine sehr kleine Wunde an der Hand. Sonst ist nichts zu erkennen. Er scheint schon etwas länger hier im Zelt zu liegen. Der zweite liegt quasi auf ihm drauf.«

»Also zwei zeitlich voneinander unabhängige Morde? Wissen wir schon etwas über den jeweiligen Todeszeitpunkt?«

»Zurzeit kann ich noch nichts Genaues sagen, das muss Dr. Braun später in der Rechtsmedizin genau bestimmen. Was ich schon sagen kann, ist, dass die Todeszeitpunkte um einiges auseinander liegen. Mindestens 36 bis 48 Stunden, würde ich sagen.«

Vollmers runzelte die Stirn und nahm nachdenklich einen tiefen Zug von seiner mittlerweile fast gänzlich durchweichten Zigarette. »Wer hat die beiden entdeckt?«

»Ein Jogger mit seinem Hund. Der Hund war auf einmal losgerannt und ließ sich nicht mehr von dem Zelt wegbewegen. Der Mann«, sie blätterte in einem kleinen Notizbuch, »Hermann Gögels, bemerkte die roten Flecken auf der Zeltplane und den merkwürdigen Geruch. Dummerweise hat er dann ins Zelt geguckt. Er sitzt jetzt da hinten im Krankenwagen.« Anke Frerichs deutete mit dem Daumen über ihre Schulter, ohne sich umzudrehen. Vollmers konnte das Heck des Krankenwagens gut erkennen. Die hinteren Türen standen beide offen. Die Sanitäter und der Zeuge hatten sich ins Innere zurückgezogen. Der Hund war an einer der Türen angebunden worden und hatte sich unter den Krankenwagen gelegt. Ein Polizist stand in der Tür und sprach in den Wagen hinein. Offensichtlich befragte er die Personen im Inneren. Gelegentlich machte er sich Notizen auf einem kleinen Block, auf den unablässig Regentropfen vom Rand seiner Mütze fielen. Auch er hatte diesen dämlichen Plastikschutz über seine Mütze gezogen. Vollmers schüttelte den Kopf. Um den Zeugen würde er sich später kümmern. Er wandte sich wieder seiner Kollegin zu.

»Die Todeszeitpunkte? Wie kann das sein? 36 bis 48 Stunden?« fragte Vollmers. »Gestern und vorgestern war doch bestes Badewetter, da muss es hier doch proppenvoll gewesen sein.«

»Frag mich nicht. Ich kenn mich nicht mehr aus. Es interessiert sich eben keine Sau mehr für den anderen. Zumindest ist es nicht ungewöhnlich, dass Leute hier zelten oder nachts angeln. Also auch kein Grund, einem Zelt besondere Aufmerksamkeit zu schenken.«

»Na gut, wie dem auch sei. Was haben wir noch?« fragte Vollmers.

»Tja, wie ich schon sagte, im Moment nicht viel. Der Regen hat so ziemlich alle brauchbaren Spuren zerstört, die man hätte vielleicht finden können«, antwortete Anke Frerichs. »Keine Fußabdrücke, bisher keine Fingerabdrücke, zumindest keine auf der Außenseite des Zeltes. Vielleicht finden wir noch welche auf der Innenseite. Ansonsten versuchen wir zu retten, was zu retten ist. Den Rest machen dann die von der Rechtsmedizin. Hier säuft eh gleich alles ab.«

Sie wandte sich wieder dem Zelt zu. Vollmers verzog frustriert das Gesicht und ließ seinen Blick erneut über den See schweifen. Was für ein Scheißwetter. Was für ein Scheißtag. Er hatte ein ausgesprochen ungutes Gefühl in der Magengegend. Diese Sache hier roch nach Ärger. Er wurde das Gefühl nicht los, dass diese beiden Leichen nicht die letzten bleiben würden.

Genervt stieg er den Weg hinauf zum Krankenwagen. Natürlich würde er eine Kopie von der Vernehmung durch den Streifenpolizisten bekommen, aber er wollte sich lieber aus erster Hand ein Bild darüber machen, was der Zeuge zu berichten hatte.

Es würde ein langer Tag werden ...

3

Später, es war bereits früher Abend, balancierte Werner Vollmers ungeschickt ein Tablett, auf dem zwei randvoll gefüllte Pappbecher mit heißem Kaffee standen, über den Flur des Präsidiums im Friedhofsweg 30 und fluchte leise vor sich hin.

Ihr neues gemeinsames Büro lag in der zweiten Etage am Ende des Ganges. An sich war es ein sehr schönes Büro. Mit fast 45 Quadratmetern war es fast doppelt so groß wie die der Kollegen. Sie hatten Glück gehabt. Doch leider hatte das Büro einen gravierenden Nachteil. Es lag entschieden zu weit von der Kantine weg. Und somit entschieden zu weit entfernt vom Kaffee. Das glich einer kleinen Katastrophe für Vollmers und Anke Frerichs, die in Bezug auf Kaffee dasselbe Laster teilten. Sie konnten beide nicht genug davon bekommen.

Sie trank ihn schwarz, er mit mindestens drei Stück Zucker. Das eigentliche Problem war, dass seit letztem Jahr keine eigenen Kaffeemaschinen mehr in den Büros erlaubt waren. Angeblich aus feuerpolizeilichen Gründen. Vollmers vermutete eher, dass der Erlass vom Dienststellenleiter aus »umsatztechnischen Gründen« verfasst worden war, nämlich weil der Kantinenbetreiber sich angeblich über die miesen Umsätze bei ihm beschwert hatte. Nun musste man jedes Mal fast eine halbe Weltreise für eine Tasse Kaffee unternehmen, und das schmeckte Vollmers gar nicht.

Als er das Büro betrat, fand er seine Kollegin am Telefon vor. Ihre Blicke trafen sich. Vollmers versuchte gerade, auf einem Bein stehend, mit dem Fuß die Tür hinter sich zu schließen.

»Dr. Braun hat angerufen. Wenn wir Zeit hätten, würde sie nun gerne anfangen«, rief Anke Frerichs ihm entgegen, während sie bereits aufstand, den Telefonhörer auflegte und in der gleichen Bewegung ihre Jacke von der Stuhllehne zerrte. An ihm vorbeieilend, griff sie sich geschickt einen Becher, murmelte ein knappes: »Dankeschön« und verschwand auf dem Flur. Das Tablett geriet komplett aus dem Gleichgewicht.

»Verdammte Scheiße«, fluchte Vollmers, als sich der kochendheiße Inhalt des verbliebenen Bechers auf das Tablett ergoss und ihm die Hand verbrühte. Das war´s dann wohl mit dem Kaffee. Grummelnd stellte er das Tablett neben den verwelkten Kaktus, den er zu seinem dreißigjährigen Dienstjubiläum von seinen Kollegen geschenkt bekommen hatte, und dem *Jingle Bells* singenden Plüsch-Elch, den er auf der letzten Weihnachtsfeier gewonnen hatte, auf der Fensterbank ab, trocknete sich die Finger mit seinem Stofftaschentuch, steckte es wieder in die Hosentasche und eilte Anke Frerichs hinterher. Bereits im Treppenhaus hatte er sie eingeholt.

»Du oder ich?« fragte sie.

»Wie du willst«, antwortete er, demonstrativ noch immer seine Hand haltend. Er sah sie mit einem gespielt vorwurfsvollen Blick an.

»Okay, okay, ich fahre«, sagte sie.

Zeitgleich traten sie durch die Hintertür des Präsidiums auf den Parkplatz hinter dem Haus hinaus, stiegen in den silbernen Smart von Anke Frerichs und machten sich auf den Weg in die Pappelstraße 4, wo sich seit jeher das Rechtsmedizinische Institut befand und wo sie Dr. Braun, die leitende Rechtsmedizinerin Oldenburgs, bereits erwartete.

4

Immer wenn es dunkel wurde, kamen die Stimmen. Am Anfang flüsterten sie nur ganz leise, dann, mit der Zeit, wurden sie immer lauter und lauter. Als sie das erste Mal zu ihm sprachen, war er gerade acht Jahre alt und hatte soeben den katastrophalsten Tag seines Lebens erlebt.

Er war ein blasser, dünner Junge mit einer Nickelbrille, die zu Zeiten weit vor Harry Potter mehr als uncool war. Genau genommen war sie einer der Gründe dafür, dass er seit seiner Einschulung kein wirklich schönes Leben mehr hatte. Mehr als einmal hatte man ihn verprügelt und gedemütigt. Aber an diesem Tag war es besonders schlimm gewesen. Er war diesmal nicht nur verprügelt worden, daran hatte er sich mittlerweile fast gewöhnt, diesmal hatten sie ihn gezwungen, sich vor der kompletten Mädchenklasse seiner Schwester nackt auszuziehen und zu tanzen.

Und die großen Jungs hatten gedroht, sie würden ihm sein Ding abschneiden, wenn er nicht tat, was sie von ihm verlangten. Also tanzte er – und weinte. Er wäre am liebsten im Erdboden versunken. Alle Mädchen hatten gekreischt und gelacht. Auch Elsa, die Nachbarstochter und – und das war das Schlimmste – seine Schwester.

Mehr als alles auf der Welt hatte er sich an diesem Tag gewünscht, unsichtbar zu sein. Es war ihm wie eine Ewigkeit vorgekommen. Das Ganze wurde erst gestoppt, als sein Biologie-Lehrer, Herr Gerold, von dem Gejohle angelockt, vorbeikam und dem Treiben ein Ende bereitete. Unter den

Blicken der Mädchen und dem Grinsen der großen Jungs hatte er seine Sachen zusammengerafft, sich unter Tränen wieder angezogen und war wie ein geprügelter Hund nach Hause in sein Zimmer im Souterrain seines Elternhauses in der Lambertistraße gerannt. Hier fühlte er sich sicher und geborgen. Weinend hatte er sich aufs Bett geworfen und war kurz darauf völlig erschöpft unter Tränen eingeschlafen.

Als er erwachte, war es bereits dunkel. Der Mond schien durch die Fenster zu ihm in den Keller hinab. Der Wasserhahn des kleinen Waschbeckens, das in der Ecke seines Zimmers hing, tropfte in einem leisen, konstanten Takt. Er lauschte in die ansonsten stille Nacht. Da hörte er sie zum ersten Mal.

Die Stimmen, sie erzählten ihm von Schmerzen, von Leiden, dem Tod – der Erlösung. Anfangs fürchtete er, verrückt zu werden. Doch sehr bald gewöhnte er sich an sie, er wurde neugierig, denn sie schienen einen Weg, einen Ausweg zu kennen, sein Leiden zu beenden.

Er wollte mehr erfahren – und hörte aufmerksam zu ...

5

Der Tote lag ausgestreckt und entkleidet auf einem der vier Tische in Saal 1 des Instituts für Rechtsmedizin, Außenstelle der Medizinischen Hochschule Hannover, und starrte aus leeren Augen direkt in das kalte Licht der Neonleuchten. Es war früher Abend, und noch immer hatte es nicht aufgehört zu regnen. Ganz im Gegenteil, der Regen vom Vormittag hatte sich mittlerweile zu einem echten Unwetter entwickelt.

In Oldenburg herrschte Ausnahmezustand. Manche der alten OOWV-Kanäle waren den Wassermassen nicht mehr gewachsen. In einigen Stadtteilen war es mittlerweile zu massiven Überschwemmungen gekommen. Keller wurden überflutet. Auf der Nadorster Straße, Ecke Bürgereschstraße, stand das Wasser kniehoch auf der Kreuzung. Die Feuerwehr war im Dauereinsatz. Im Saal 1 der Rechtsmedizin in der Pappelstraße 4 hingegen merkte man von dem Chaos draußen auf den Straßen glücklicherweise wenig bis gar nichts.

Ein leises Piepen signalisierte den Beginn einer Aufnahme durch das neue, sprachgesteuerte Diktiergerät, das seit kurzem auch hier Verwendung fand. Die neuen Geräte galten deshalb als besonders praktisch, weil man durch die berührungslose Steuerung die Hände bei den Untersuchungen frei hatte und sich so auf das Wesentliche konzentrieren konnte.

Dr. Elena Braun freute sich diesmal ausnahmsweise über die Arbeitserleichterung, stand die 52-jährige, leicht korpulente Ärztin dem technischen

Fortschritt ansonsten doch manchmal etwas skeptisch gegenüber. Ihre tiefe, feste Stimme hallte durch den Saal.

Piep. »20. August, 20:25 Uhr. Sichtung des einen Leichnams vom Kleinen Bornhorster See, eingeliefert heute. Registrierungsnummer: 128256.8.2013. Gewebe- und Blutproben entnommen und zur Untersuchung ans Labor übergeben. Zur Person: männlich, weiß, braunes Haar, ungefähr 25-30 Jahre alt.« Piep. Ihr Blick glitt an der Kante des Tisches entlang zu einer digitalen Anzeige. Piep. »Gewicht 80 Kilogramm.« Piep.

Aufmerksam umrundete sie den Obduktionstisch und versuchte jedes noch so kleine Detail in sich aufzunehmen. Von Zeit zu Zeit trat sie einen Schritt näher an die Leiche heran und untersuchte mit behandschuhten Fingern den Körper, öffnete den Mund, untersuchte Augen, Ohren, strich die Haare zur Seite, begutachtete die Kopfhaut und entnahm Haarproben für eventuell notwendige Drogentests.

Piep. »Ein kleines Tattoo mit einer Rose auf dem Schulterblatt, ansonsten keine besonderen Auffälligkeiten oder Verletzungen, bis auf eine feine, längliche, etwa drei Millimeter breite Wunde, die über vier Finger der rechten Hand geht«, sagte Dr. Braun und ließ die Hand des Toten wieder auf den Tisch gleiten. Piep.

Mit einem gewaltigen Knall flog die Doppeltür von Saal 1 auf, eine Gestalt schlitterte in den weiß gefliesten Raum und konnte sich gerade noch aufrecht halten. Anke Frerichs war klatschnass. Sie schüttelte ihre blonde Mähne. Der kurze Weg vom Auto bis in die Rechtsmedizin hatte ausgereicht, sie bis auf die Knochen durchzuweichen. »Verdammtes Scheißwetter«, fluchte sie.

»Handtuch gefällig?« Ohne eine Antwort abzuwarten, reichte Dr. Braun ihr ein weißes Frotteehandtuch, das sonst zur Reinigung der Obduktionstische benutzt wurde.

»Danke«, antwortete Frerichs und begann sich die Haare trocken zu rubbeln.

»Vollmers?« fragte Dr. Braun knapp.

»Der kommt auch gleich, raucht noch eine«, sagte Anke unter dem Handtuch hervor.

»Das sollte er besser lassen, sonst liegt er schneller auf meinem Tisch, als ihm lieb sein wird«, sagte Dr. Braun.

Wie aufs Stichwort ging die Tür auf, und Vollmers trat ein. »Hallo Elena«, sagt er freundlich, während er seinen Schirm ausschüttelte und dann sorgfältig zusammenfaltete.

»Sei gegrüßt, Werner«, sagte Dr. Braun schmunzelnd, »komm doch rein. Hier ist es hell, warm und trocken. Man könnte sagen, hier ist Sommer!« Sie lächelte ihn an.

Vollmers verzog das Gesicht und zog seinen alten, zerknitterten grauen Hut vom Kopf. Gemeinsam gingen sie zu dem Tisch mit der Leiche. »Hast du schon eine Idee?« fragte er.

»Nicht wirklich. Zu diesem Zeitpunkt der Untersuchung ist es nur eine Vermutung. Nicht mehr als ein Bauchgefühl«, antwortete Elena Braun.

»Nun komm schon. Raus mit der Sprache. Ich werde dich nicht darauf festnageln.«

»Ich tippe auf Gift«, sagte sie. »Für mich sieht das aus, als ob der Tote in eine Mausefalle oder sowas Ähnliches gegriffen hätte. Bis auf die kleine geradlinige Wunde an der Hand hat er keine auffälligen Verletzungen. Nichts sonst weist auf eine Einwirkung von außen hin.«

Vollmers strich sich mit der Hand nachdenklich den Vollbart glatt, während Dr. Braun fortfuhr: »Die toxikologische Untersuchung läuft. Meine Assistentin sitzt nebenan bereits über den entnommenen Proben.« Sie deutete auf die Edelstahltür mit der Aufschrift *Labor*.

Durch das mit Milchglas versehene Fenster daneben konnte man schattenhaft eine Gestalt erkennen. Gelegentlich hörte man leise Geräusche, gefolgt von unterdrücktem Fluchen. Dr. Braun lächelte verschmitzt und zwinkerte den beiden zu.

»Dr. Barkemeyer ist sehr ehrgeizig. Sie wird schon herausfinden, welche Art Gift hier im Spiel war. Wenn es Gift war.«

»Okay, also heißt es abwarten«, sagte Anke Frerichs. »Und was ist mit ihm?« Sie deutete auf den Tisch daneben, auf dem ein Körper, der in einem weißen Leichensack steckte, lag.

»Zu dem bin ich noch nicht gekommen. Wenn Sie wollen, können Sie mithelfen. Dem Bericht nach«, Dr. Braun blätterte einige Seiten auf einem Klemmbrett, das auf dem Tisch neben der Leiche gelegen hatte, durch, »dürfte das eine relativ klare Sache sein.«

»Ich weiß«, antwortete Anke Frerichs leicht gereizt, »ich habe ihn ja selber eingetütet. Ich dachte nur, dass Sie vielleicht mehr entdecken würden. Vielleicht irgendwas, was uns weiterhilft.«

Dr. Braun sah verärgert über den oberen Rand ihrer Brille.

Vollmers trat neben seine Kollegin und legte ihr beschwichtigend die Hand auf den Arm. »Nun bleib mal ganz ruhig, Anke. Elena wird sich sicherlich gleich um den Guten kümmern. Weglaufen kann er uns ja nicht mehr.« Er zwinkerte Elena Braun zu. Sie lächelte zurück, ging zur gegenüberliegenden Wand, nahm ein paar frische Einweghandschuhe aus einem Spender und zog sie über. Dann nahm sie ein kleines Döschen mit intensiv riechender Creme von einem Regal und rieb sie sich unter die Nase. Sie hielt sie fragend den beiden Polizisten entgegen. Beide schüttelten den Kopf. Sie wussten aus Erfahrung, dass die Creme nicht wirklich etwas nützte.

»Ist eher so ein psychologisches Ding«, sagte Dr. Braun, die scheinbar die Gedanken der beiden Ermittler erraten hatte, »ich habe mich total dran gewöhnt.« Mit einem Schulterzucken stellte sie das Döschen zurück, nahm sich erneut das Klemmbrett und machte sich an die Arbeit.

Vorsichtig öffnete sie den Reißverschluss des Leichensacks. Ein Geruch nach Blut, Urin und beginnender Verwesung schlug den dreien entgegen. Vollmers und Frerichs wichen instinktiv einen Schritt zurück.

»Doch etwas von der Creme?« Dr. Braun grinste. Beide winkten dankend ab, mussten sich aber doch die Hand vor die Nase halten. Insgeheim war Vollmers froh, dass er sein Stofftaschentuch dabei hatte. Anke Frerichs musste sich mit dem Ärmel ihrer Jacke begnügen.

Dr. Braun wandte sich schmunzelnd ab und sprach direkt in Richtung Mikrofon, das über dem Tisch baumelte: »Aufnahme.«

Piep. »20. August, 20:45 Uhr. Sichtung des zweiten Leichnams vom Kleinen Bornhorster See. Eingeliefert heute. Registrierungsnummer: 128257.8. 2013. Noch keine Gewebe- und Blutproben entnommen. Zur Person: männlich, weiß, dunkelblondes, leicht schütteres Haar, ungefähr 30-35 Jahre alt. Gewicht: circa 85-90 Kilogramm.« Piep.

Dr. Braun zog den Leichensack, oder wie er im Zubehörhandel für Bestatter genannt wurde, die Verstorbenenhülle, Modell EVA, etwas zurück und legte den Leichnam weiter frei. Das Messer ragte immer noch aus seinem Hals. Braun ging um den Tisch herum zum Kopf des Opfers. Ein Gemisch aus Wasser und Blut lief über die glatte Edelstahloberfläche und verschwand leise gurgelnd im Abfluss.

Piep. »Ein Messer, auf den ersten Blick sieht es wie ein großes, aber handelsübliches Küchenmesser, wie es in Großküchen oder Kantinen verwendet wird, aus, steckt seitlich im Hals des Opfers.« Piep. Vorsichtig untersuchte sie die Wunde mit einem Instrument, das aussah wie ein kleines Skalpell. Dann griff sie nach oben, fingerte nach einem über dem Tisch baumelnden Schlauch, bekam ihn zu fassen und zog in zu sich hinab.

Sie betätigte einen kleinen Knopf, und Wasser schoss aus dem Schlauch hervor. Sie richtete den Strahl genau auf die Wunde und reinigte die

Ränder. Als sie fertig war, ließ sie den Schlauch wieder an seine Position über dem Tisch zurückschnellen und widmete sich erneut der Einstichstelle.

Piep. »Das Messer wurde vermutlich von hinten angesetzt und hat die Halsschlagader glatt durchtrennt.« Piep. Mit einem schmatzenden Geräusch zog sie das Messer vorsichtig aus dem Hals und legte es auf eine Ablagefläche, die am Kopf des Tisches befestigt war, ab. Vollmers erinnerte diese Vorrichtung immer irgendwie an eine Ablagefläche, die an Grills angebracht ist, um dort das Grillgut abzustellen, bevor es auf den Rost kommt. Er schüttelte sich bei dem Gedanken daran.

Mit einem leisen Pfeifen entwichen übelriechende Fäulnisgase aus der Wunde. Es stank erbärmlich. Das war für Anke Frerichs zu viel. Sie lief würgend, mit vor den Mund gehaltener Hand aus dem Obduktionssaal. Durch die auf- und zuklappende Schwingtür konnte man ihr Würgen hören.

Vollmers blickte ihr hinterher und dann zu Dr. Braun. »Schickst du mir die Ergebnisse nachher vorab per Fax rüber?«

»Geht klar. Gib mir ein bis zwei Stunden, dann haben wir sicher etwas Brauchbares, mit dem ihr arbeiten könnt.«

»Danke, Elena«, sagte Vollmers.

Als er sich gerade umdrehen wollte, sagte sie leise: »Ist doch gut, wenn man sich an manche Dinge nicht gewöhnt, oder?«

Vollmers zuckte mit den Schultern, nickte kurz zustimmend und lächelte müde. Wortlos ging er zur Tür.

»Ach, Moment«, rief sie ihm hinterher, »da vorne links auf dem Tisch neben der Tür findest du zwei Tüten mit den persönlichen Sachen der beiden. Wenn du willst, kannst du sie direkt mitnehmen, andernfalls schicke ich sie euch auch gerne mit dem ganzen Papierkram zusammen rüber.«

Vollmers nahm die beiden Beutel vom Tisch und verließ den Saal. Zum Abschied hob er dankend den Schirm und winkte damit über die Schulter. Ja, dachte er, an manche Dinge werde ich mich Gott sei Dank nie gewöhnen.

6

Anke Frerichs lenkte ihren silbernen Smart vorsichtig durch die regennassen Straßen Oldenburgs Richtung Friedhofsweg zurück ins Büro. Vollmers saß schweigend mit geschlossenen Augen neben ihr auf dem Beifahrersitz. Die Scheibenwischer verrichteten stur ihren Dienst. Der Regen hatte zwar etwas nachgelassen, aber würde in absehbarer Zeit wohl kaum aufhören.

Auch sie hing ihren Gedanken nach, während Ina Müller im Radio irgendetwas über irgendeinen Mark sang, den sie scheinbar immer noch, aus unerfindlichen Gründen, irgendwie umrechnete. Keiner der beiden hörte ihr richtig zu. Es war ein langer Tag geworden.

Sie nahmen den direkten Weg, bogen von der Ofener Straße links ab und fuhren die Auguststraße entlang, direkt am Evangelischen Krankenhaus vorbei, über die Ziegelhofstraße Richtung Friedhofsweg. Anke Frerichs wusste nicht, wie oft sie diesen Weg in ihrem Leben schon gefahren war. Wie viele Mordfälle hatte sie eigentlich im Laufe ihrer Karriere schon bearbeitet?

Ihr Magen hatte sich mittlerweile – Gott sei Dank – wieder etwas beruhigt. Vollmers hatte dankenswerterweise kein weiteres Wort über den Vorfall verloren. Obwohl sich die beiden nun schon so lange kannten, war es ihr doch irgendwie peinlich. Es war ja schließlich nicht die erste Obduktion ihrer Karriere gewesen. Was war mit ihr los? Warum ging ihr diese Sache bereits so an die Nieren?

Vollmers öffnete die Augen und fing an, die wenigen Habseligkeiten der beiden Opfer, die er aus der Rechtsmedizin mitgenommen hatte, zu untersuchen. Im Grunde waren es in den meisten Fällen immer die gleichen Sachen, die die Menschen bei sich trugen. Portemonnaie, Handy, Schlüsselbund, EC-Karten und so weiter. Wenn es sich bei den Opfern um Frauen handelte und zum Beispiel eine Handtasche am Tatort gefunden wurde, sah die Sache in der Regel etwas anders aus, dann waren wesentlich mehr persönliche Sachen zu finden. Vom Nagellack und Lippenstift über Notizbücher bis hin zu Tampons.

Vollmers verglich den Inhalt der beiden Beutel, versuchte, einen Zusammenhang zwischen den beiden Opfern herzustellen oder irgendeine Gemeinsamkeit anhand der Dinge zu erkennen. Leider lieferte das Hab und Gut der beiden keinen wie auch immer gearteten Hinweis. Zumindest lag er nicht offensichtlich vor ihm. Er ließ die Beutel auf den Schoß sinken und schaute nachdenklich aus dem Fenster. Regentropfen liefen die Scheibe herab.

Sie bogen gerade in die videoüberwachte Auffahrt vom Friedhofsweg 30 ein, als sein Handy klingelte. Anke Frerichs sah ihn fragend an. Vollmers kramte sein Telefon aus der Jackentasche hervor. »Ja?« Er nickte. Nickte ein weiteres Mal und sagte: »Ja, ist gut. Wir machen uns auf den Weg. Bis gleich.«

»Was ist los?« fragte Anke Frerichs.

»Wir haben noch eine Leiche«, sagte er und steckte das Handy weg.

»Was? Und wo geht´s hin?« fragte sie.

»Landesmuseum Natur und Mensch.«

Schweigend wendete sie den Wagen und gab Vollgas. Die Automatik des kleinen Zweisitzers schaltete gequält zwei Gänge herunter, und er schoss davon.

7

Mit neun Jahren hatte er zum ersten Mal getötet. Seine kleine Schwester.

Er hatte sich weder schuldig noch erleichtert gefühlt. Es hatte es sorgfältig geplant, angefangen und zu Ende gebracht. Seine Familie und die Polizei hielten es für einen tragischen Unfall. Er hatte sie in dem Glauben gelassen. Niemand war auch nur ansatzweise auf die Idee gekommen, dass es ein eiskalt geplanter Mord gewesen war.

Ein unscheinbarer Beerenkuchen war zur Tatwaffe geworden. Die Beeren der Ilex aquifolium L., auch Stechpalme oder Walddistel genannt, gemischt mit einer Beerenmischung aus dem Supermarkt, hatten ihrem nach einer Sommergrippe geschwächten Körper den Rest gegeben. Achtzehn der kleinen roten Beeren hatten genügt.

Mit einem Lächeln hatte er ihr die selbstgebackene Torte ans Bett gebracht und sich neben sie auf den kleinen roten Kinderstuhl, der früher einmal ihm gehört hatte, gesetzt. Nadine liebte jede Art von Torte, Kuchen oder Gebäck. Nach der entbehrungsvollen Zeit während der Grippe hatte sie sich gierig auf das Geschenk gestürzt, es fast auf der Stelle komplett verputzt und war dann glücklich und zufrieden eingeschlafen. Für immer. Während sie einschlief und der gute alte Lurchi von einem mit Filzstiften bekritzelten Poster auf sie herab grinste, hatte er bei ihr gesessen und ihre Hand gehalten, den Blick starr auf ihren sich immer langsamer hebenden und senkenden Brustkorb gerichtet.

Als sie sich nach einem letzten, kurzen Krampf schließlich nicht mehr bewegt hatte, hatte er sie ordentlich zugedeckt, das Geschirr zusammengeräumt, war die Treppe aus dem ersten Stock hinab gestiegen und hatte es in der Küche in den Geschirrspüler gestellt. Danach war er in sein Zimmer im Keller gegangen, hatte sich aufrecht auf die Bettkante gesetzt, die Hände auf beide Oberschenkel gelegt und hatte gewartet.

Er musste nicht allzu lange warten. Knapp eine Stunde später gellte der schrille Schrei seiner Mutter durchs Haus. Ein leises Lächeln wanderte über seine Lippen.

8

Als Anke Frerichs und Werner Vollmers vor dem rosafarbenen Gebäude des Landesmuseums für Natur und Mensch ankamen, ging bereits die Straßenbeleuchtung an. Viel zu früh eigentlich. Vollmers schaute auf die Uhr. 21 Uhr. Die automatischen Zeitschaltuhren der Stadt funktionierten sonst auf die Minute genau. Aber in diesem Sommer konnte man sich nicht einmal mehr darauf verlassen.

Ein stattliches Aufgebot der silberblauen Einsatzfahrzeuge der Polizei, vorrangig Passat Kombis, und einer der neu angeschafften weiß-orangen Mercedes-Rettungswagen aus dem Jahr 2010 standen mit eingeschaltetem Blaulicht auf dem Seitenstreifen und der Straße vor dem Museum. Uniformierte Kollegen hatten bereits die Straße aus Richtung Innenstadt und die Zufahrt über die Cäcilienbrücke dichtgemacht. Um diese Zeit war Gott sei Dank relativ wenig Verkehr. Einige Schaulustige hatten sich auf der gegenüberliegenden Seite am Geländer, direkt bei dem neuen Italiener – bei dem es die leckersten Gnocchi Gorgonzola der Welt gab, wie Anke Frerichs behauptete – zusammengefunden und schauten dem Trubel zu. Einige Fotografen hatten sich ebenfalls eingefunden und versuchten, einen heißen Schnappschuss für die Nordwest-Zeitung zu erhaschen.

Anke Frerichs steuerte den Smart geschickt durch die Absperrung hindurch, direkt auf den

Bürgersteig zur Eingangstreppe, die hinauf zum Haupteingang führte.

»Mit uns parken Sie in der ersten Reihe«, witzelte sie, wahrscheinlich um ihre Anspannung zu überspielen. Dann erstarb der Motor. Sie zog den Zündschlüssel ab, löste den Gurt und öffnete die Tür.

Vollmers hielt sie am Ärmel fest. »Sei bitte vorsichtig, wenn du den Tatort untersuchst. Ich habe ein ungutes Gefühl. Frag mich nicht warum, aber ich denke, wir haben es hier mit einem ganz durchtriebenen Hund zu tun.«

Anke Frerichs runzelte die Stirn. »Du meinst, es ist der gleiche Täter?«

»Es ist nur so ein Gefühl. Wir werden sehen. Die Kollegin aus der Zentrale sagte nur, dass im Museum eine scheinbar unverletzte junge Frau tot aufgefunden wurde.«

»Und?« fragte Frerichs.

»Zumindest eines der Opfer von heute Morgen war auf den ersten Blick auch unverletzt. Bis auf die kleine Wunde an der Hand«, sagte Vollmers.

9

Als sie durch die Tür in den Eingangsbereich des Museums traten, bot sich ihnen ein skurriles Bild. Um eine auf einer Besucherbank sitzende Frau drängelten sich zahlreiche Menschen. Die Frau war ohne Zweifel tot, sah aber eher aus, als würde sie nach einem anstrengenden Museumsbesuch eine kleine Pause machen. Sie saß gerade, leicht an die Wand gelehnt da und starrte mit offenen Augen die schematische Darstellung einer Moorlandschaft an. Daneben hing ein Plakat. An der unteren rechten Ecke war es eingerissen. Lange Nacht der Museen – Sonderausstellung: *Karl Jaspers. Leben und Wirken eines Vordenkers. Mai bis September.* Aus dem Mundwinkel der Frau rann ein einzelner Speichelfaden über das Kinn den Hals hinunter.

Ein grauhaariger Mann, Mitte bis Ende fünfzig, in einem dunkelblauen Sakko und einer schwarzen Stoffhose, die Krawatte hatte er sich in die Knopfleiste seines weißen Hemdes gesteckt, lief aufgeregt zwischen den Einsatzkräften der Spurensicherung hin und her. Als er Vollmers erblickte, kam er wild gestikulierend auf die beiden Kommissare zugelaufen und versuchte ihnen den Weg abzuschneiden.

»Der stellvertretende Museumsdirektor, Dr. Reichert«, raunte Anke Frerichs Vollmers zu, während sie versuchten, ohne Umwege auf die Leiche zuzusteuern. Doch Dr. Reichert war schneller. Kurz vor dem obligatorischen Tatortabsperrband hatte er sie erreicht.

»Um Gottes willen«, rief er theatralisch mit erhobenen Armen, »um Gottes willen, was stellen Ihre Leute denn mit meinem Museum an?«

Vollmers hob beschwichtigend die Hände und redete beruhigend auf den Mann ein, während er Anke Frerichs unauffällig an ihm vorbeischob und ihr mit einer offensichtlichen Kopfbewegung zu verstehen gab, dass sie schon mal loslegen sollte. Er würde sich um den aufgebrachten Museumsdirektor kümmern. Sie verstand und ging an die Arbeit.

Ein großgewachsener, braungebrannter Mann Anfang dreißig trat ihr in den Weg und versperrte den Zugang. Anke Frerichs holte ihre Dienstmarke aus der Hosentasche und zeigte sie ihm.

»Moin Herr Kollege, wir kennen uns noch nicht. Ich bin Anke Frerichs, und das da drüben ist mein Kollege Werner Vollmers.« Sie zeigte auf die beiden Männer, die sich, tief in eine Diskussion verstrickt, wie zwei Boxer im Ring ständig umeinander herum bewegten. Sie schenkte dem Kollegen ein entwaffnendes Lächeln und streckte ihm die rechte Hand entgegen.

»Torben Kuck, Spurensicherung Wilhelmshaven«, antwortete er etwas überrumpelt, während er seinen Gummihandschuh auszog und ihre Hand ergriff. »Entschuldigen Sie bitte, ich bin neu hier. Wegen dem Scheiß hier hat man mich nach Oldenburg geschickt.« Jetzt lächelte er. »Ist das *der* Vollmers?« fragte er und sah sie verschwörerisch an.

Anke Frerichs grinste. »Ja, das ist *der* Vollmers«, antwortete sie. Und zwinkerte ihm zu.

»Hammer!« sagte Kuck. »Ich hätte nicht gedacht, dass ich einmal mit ihm zusammenarbeiten würde. Cool!«

»Genau. Cool! Und ich bin *die* Frerichs, und erst mal arbeiten Sie jetzt mit mir zusammen.« Sie grinste ihn breit an und trat einen Schritt zur Seite, um sich wieder in sein Blickfeld zu schieben.

Kuck errötete. »Oh, entschuldigen Sie bitte.«

»Macht nichts.« Anke Frerichs drängte ihn unauffällig in Richtung Tatort zurück. »Was können Sie mir bis jetzt sagen?« fragte sie, ging vor der Leiche in die Hocke und betrachtete die junge Frau eingehend. Sie war keine Schönheit, aber auch nicht hässlich.

»Hanna Bolt, 28 Jahre, aus Petersfehn. Bisher keine auffälligen äußeren Verletzungen zu erkennen. Nur ein kleiner roter Punkt am rechten Zeigefinder.«

»Wo kommt der her?«

»Kommen Sie mal etwas näher, und bücken Sie sich noch etwas runter. Ich habe hier unter der Bank etwas gefunden. Sehen Sie? Hier.« Er deutete auf einen kleinen spitzen Nagel oder eine Art Nadel, die unterhalb der Bank aus dem Holz ragte. Anke Frerichs streckte die Hand aus und wollte danach tasten, als er unvermittelt und mit festem Griff ihren Arm festhielt.

»Vorsicht!« rief er und er zog ihren Arm mit einem Ruck zurück. Sie wollte gerade lauthals protestieren, da ließ er ihren Arm auch schon wieder los. Sie schaute ihn wütend an.

»Ich kann noch nichts Bestimmtes sagen, vielleicht ist es ja nur ein einfacher Nagel, der nicht ordentlich eingeschlagen wurde, aber irgendwie habe ich das Gefühl, dass er etwas mit ihrem Tod zu tun hat«, er deutete mit dem Kopf auf die tote Frau.

»Gift?« fragte Anke Frerichs und atmete heftig aus. Um ein Haar wäre sie dem Täter in die Falle gegangen. Natürlich nur vorausgesetzt, Hanna Bolt wurde wirklich vergiftet. Möglich war es. Innerlich schalt sie sich selbst für so einen dummen Anfängerfehler.

»Es ist natürlich zu früh, etwas zu sagen, aber für mich ist es momentan die einzig sinnvolle Erklärung«, sagte er und setzte sich neben sie auf den Boden.

Hinter sich nahm sie das Klingeln eines Telefons wahr. Es klang nach Vollmers Handy. *Spiel mir das Lied vom Tod*. Ein außergewöhnlich zynischer Klingelton für einen Hauptkommissar bei der Mordkommission, aber leider allzu oft sehr zutreffend.

Anke Frerichs konnte aus dem Augenwinkel erkennen, wie er telefonierte. Nebenbei brachte er Dr. Reichert mit einer unmissverständlichen Geste zum Schweigen. Der zog sogleich wutentbrannt von dannen.

Vollmers nickte ein-, zweimal, schüttelte den Kopf und bedankte sich mit einem knappen Nicken bei seinem Anrufer. Dann steckte er das Telefon in seine Jackentasche und kam zu den beiden herüber. Er nickte Torben Kuck kurz zur Begrüßung zu. »Das war Dr. Braun von der Rechtsmedizin. Es war tatsächlich Gift, das den Jungen umgebracht hat. Ein sehr schnell wirkendes sogar. Ein sogenanntes Pfeilgift.«

»Dann ist das ja eben gerade noch mal gutgegangen«, sagte Torben Kuck und stieß geräuschvoll die Luft aus.

Vollmers sah Frerichs und Kuck fragend an. Er verstand nicht, was da zwischen den beiden vorging. Hätte er geahnt, dass seine Partnerin vor nicht einmal drei Minuten dem Tod gerade noch mal von der Schippe gesprungen war, wäre er sicherlich nicht so gelassen geblieben.

10

Freitagabend. Seit nunmehr fast 72 Stunden waren sie ununterbrochen auf den Beinen gewesen. Nur von einem kurzen Nickerchen auf der Couch im Büro unterbrochen, hatten sie Berichte gewälzt, Theorien aufgestellt und Zeugen befragt – leider ohne ein greifbares Ergebnis, geschweige denn den Hauch einer Spur. Frustriert hatte Vollmers sie ins Wochenende geschickt. Sie brauchten alle eine Pause.

Anke Frerichs parkte ihren silbernen Smart wie immer auf dem Bordstein direkt unter der Laterne von Haus Nummer 17. Sie wunderte sich immer wieder, wie sich in Gemeinschaften, seien sie auch noch so lose, über die Zeit Rituale und Gewohnheiten einstellten. So war es auch in ihrer unmittelbaren Nachbarschaft. Wenn sich nicht gerade irgendein unwissender Besucher von außerhalb auf ihren Parkplatz verirrte, war er für sie reserviert. Als ob sich rumgesprochen hätte, dass sie bei der Polizei arbeitete.

Mit einem Aufleuchten der Blinker und einem unüberhörbaren Piepen signalisierte der kleine Flitzer, dass er sicher verschlossen und zur Nachtruhe bereit war. Freunde und Kollegen zogen sie immer wieder wegen ihres Autos auf. Knutschkugel, Einkaufswagen mit Motor oder Elchtränke. Am meisten beömmelten sich die Kollegen aber über die Typenbezeichnung am Stummelheck des kleinen Zweisitzers: »mhd«. Eigentlich bedeuteten die drei Buchstaben »MHD – Micro Hybrid Drive« und kennzeichneten die neumodische Start-

Stopp-Automatik des kleinen Sparwunders. Doch spätestens seit ihr Kollege Enno Melchert die drei Buchstaben mit dem Begriff »MHD – Mindesthaltbarkeitsdatum« belegt hatte, war klar, dass der kleine Silberling ein Auto mit Verfallsdatum war. Manch ein Kollege wollte den Kleinen gar umkippen, um drunter gucken zu können, wo das Datum aufgedruckt war. Anke Frerichs musste bei dem Gedanken an einen großen Datumsaufkleber auf dem Unterboden schmunzeln. Sie liebte ihren Wagen, und das war die Hauptsache!

Sie überquerte die alte Straße mit ihrem Kopfsteinpflaster, öffnete das schmiedeeiserne Gartentor, stieg die ersten paar Stufen zur Eingangstür hinauf und schloss sie auf. Sie suchte nach dem Lichtschalter, griff daneben und musste erst ein paar Sekunden suchen, bis sie ihn dann endlich gefunden hatte.

Das Licht flammte auf, und sie stieg langsam die Stufen des steilen Treppenhauses zu ihrer Wohnung im zweiten Stock der alten Oldenburger Villa hinauf. Sie war total erschöpft und ausgelaugt. Die letzten Tage hatten an ihren Nerven gezerrt – und dann auch noch ihre absolut dumme Aktion vorhin im Museum. Um ein Haar wäre es um sie geschehen gewesen.

Oben angekommen, wollte sie gerade den Schlüssel ins Schloss ihrer Wohnungstür stecken, da zögerte sie. Etwas stimmte hier nicht. Die Tür war nicht verschlossen, sondern klapperte, nur leicht angelehnt, leise im Türrahmen. Vorsichtig drückte sie gegen die Tür. Geräuschlos schwang sie auf. Vor ihr lag der dunkle, quadratische Eingangsbereich, von dem alle weiteren Räume abzweigten. Sie war mehr als irritiert. Eigentlich hätte die Tür wie üblich lautstark quietschen und knarren müssen. Sie hatte sich immer wieder vorgenommen, sie zu ölen, aber war einfach nicht dazu gekommen. Doch die Tür war still geblieben. Instinktiv glitt ihre Hand an ihrer Hüfte entlang zu ihrer Dienstwaffe. Irgendetwas stimmte hier ganz und gar nicht. Licht fiel unter der Schlafzimmertür hindurch in den Flur. Jemand war in die Wohnung eingedrungen.

Mit einer flüssigen Bewegung löste sie die Lederschlaufe an ihrem Halfter, zog die Heckler & Koch P2000 und entsicherte sie gleichzeitig. Vorsichtig drückte sie die Tür weiter auf und trat in den Flur. Soweit sie es erkennen konnte, stand noch alles an seinem Platz. Sie spähte vorsichtig ins Wohnzimmer. Nichts zu erkennen. Leise zog sie die Tür zu, damit sie kein Angriff von hinten überraschen konnte. Mit der zweiten Wohnzimmertür rechts daneben verfuhr sie genauso. Dann schlich sie langsam auf die Schlafzimmertür zu und horchte. Von innen konnte sie leise Geräusche vernehmen.

Anke Frerichs schloss die Augen, atmete durch und versuchte sich zu konzentrieren. Einen Moment lang überlegte sie, Verstärkung zu rufen, doch dann entschloss sie sich anders.

Mit einem Ruck riss sie die Tür auf und rief: »Stehen bleiben, Polizei!« Ihre Waffe war dabei direkt in die Mitte des Raumes gerichtet. Adrenalin pumpte durch ihren Körper.

Eine Gestalt in einem beigeblau gestreiften Pyjama-Hemdchen stürzte vom Bett zu Boden, eine Flasche Rosé-Wein zerbrach klirrend auf dem Parkett, und jemand schrie: »Verdammte Scheiße, spinnst du!«

Anke Frerichs ließ ihre Waffe sinken und sackte in sich zusammen. Vor ihr auf dem Boden lag ihre Lebensgefährtin Tanja Bremer.

Dieser beschissene Fall hätte beinahe sein viertes Opfer gefordert, dachte Anke Frerichs. Ich muss, muss, muss mich zusammenreißen, schalt sie sich innerlich, um sich zur Ruhe zu bringen.

Tanja starrte sie nur schweigend an.

Anke schloss kurz die Augen, steckte die Waffe wieder ins Halfter und ging zu ihrer Freundin hinüber. Dann setzte sie sich neben sie auf das Bett und umarmte sie liebevoll. Tanja erwiderte ihre Umarmung und drückte sie ganz fest an sich. Anke merkte nicht, wie ihr eine Träne über die Wange rollte. Auch von dem liebevoll dekorierten Schlafzimmer und dem vorbereiteten Picknick nahm sie nichts mehr wahr. Festumschlungen von ihrer Freundin schlief sie schließlich erschöpft ein.

Nach dem unschönen Vorfall am vorangegangenen Abend und einer unruhigen Nacht genossen Anke Frerichs und Tanja Bremer ihren gemeinsamen freien Tag. Sie durchstöberten ganz in Ruhe die Buchhandlung Hemmieoltmanns im Famila Einkaufzentrum in Wechloy nach neuem Lesestoff. Tanja, die als Kindergärtnerin arbeitete, liebte Krimis aller Art. Vor allem hatten es ihr Regionalkrimis angetan. Sie hatte mittlerweile alle Kluftinger-Romane, die in Bayern spielten, gelesen und war gerade auf die äußerst erfolgreiche Ostfriesen-Krimireihe von Klaus-Peter Wolf gestoßen, in der die Kommissarin Ann-Kathrin Klaasen aus Norden die Hauptrolle spielte.

»Du bist meine höchsteigene Ann-Kathrin Klaasen«, pflegte Tanja Bremer ihre Freundin zu necken. Anke Frerichs konnte dem nur wenig abgewinnen, kannte sie doch das wahre Leben und die mühsame und oft auch ausgesprochen langweiligen Aspekte der Polizeiarbeit. Sie stand mehr auf historische Romane und plattdeutsche Literatur, wie zum Beispiel die Bücher von Ina Müller. Schon oft waren sie bei Lesungen, Liederabenden oder plattdeutschen Theatervorstellungen im Heinrich Kunst Haus in Ofenerfeld gewesen und hatten die Abende in der gemütlichen Atmosphäre des kleinen Hauses genossen.

Jetzt freuten sie sich über die Ablenkung und den Trubel im Famila Center. Nun stand Shoppen und Entspannen an. Sie hatten bereits für den Abend frisches Gemüse eingekauft. Tanja wollte ihre Lieblingssuppe machen, eine Kartoffelcurrysuppe. Danach wollten sie mit ihren neuen Büchern und einem guten Weißwein einfach etwas auf dem Sofa liegen und entspannen, denn der Sonntag sollte noch anstrengend genug werden. Ein Familienbesuch stand an. Sie wollten Tanjas Mutter besuchen. Kaffee, Kuchen und Familientratsch. Sie konnten sich zwar Spannenderes vorstellen, aber der Termin stand schon seit langem – und eigentlich war es im Nachhinein auch irgendwie doch immer ganz schön.

Etwa dreißig Minuten später verließen sie die Buchhandlung mit einer prallgefüllten Einkaufstasche. Tanja Bremer hatte sich *Ostfriesenmoor*, das neueste Buch von Klaus-Peter Wolf, gekauft, *Böses Spiel in Friesland* von Theodor J. Reisdorf und einen brandneuen Oldenburg-Krimi aus dem Schardt Verlag. Anke hatte ebenfalls kräftig zugeschlagen und drei Bücher erworben, zwei plattdeutsche Bücher mit Kurzgeschichten und einen echten Klassiker, den *Medicus* von Noah Gordon. In Kürze sollte die Verfilmung ins Kino kommen. Anke Frerichs wollte vorher unbedingt noch einmal das Buch gelesen haben. Bevor sie sich auf den Weg zum Auto machten, kauften sie sich gegenüber noch ein Eis. Tanja liebte italienisches Eis. Für eine Kugel Pistazie konnte sie alles stehen und liegen lassen.

»Wollen wir noch zu Möbel Weirauch wegen dem schönen Sideboard, das du in der Werbung gesehen hast, oder lieber noch kurz auf einen Kaffee auf den Pferdemarkt?« fragte Anke ihre Freundin, während sie verzweifelt versuchte, die im Expresstempo dahinschmelzende Stracciatellakugel mit der Zunge daran zu hindern, den Innenraum und die Sitze des Smart komplett einzusauen.

Tanja Bremer legt den Kopf schief und dachte nach. »Hmm ... ich denke ... wir fahren ... auf den Wochenmarkt! Ich habe Lust auf einen schönen Cappuccino bei der Kaffeefeuerwehr. Und außerdem können wir uns dann gleich noch ein paar leckere Antipasti und ein frisches Brot zur Suppe nachher mitnehmen.«

»Gute Idee«, sagte Anke Frerichs und startete den Wagen. »Dann muss das Sideboard eben bis nächste Woche warten.«

»Genau!« rief Tanja Bremer fröhlich, rutschte ein Stück nach links hinüber und gab ihrer Freundin einen schnellen Kuss auf die Wange.

11

Am Montagmorgen, es war 6:45 Uhr in der Früh, lag die druckfrische Nordwest-Zeitung vor ihnen auf dem Schreibtisch. Die außergewöhnlich reißerische Titelzeile *Serienkiller tötet drei Menschen* sprang ihnen förmlich entgegen.

Vollmers und Frerichs waren alles andere als begeistert von einem solchen Geschreibsel. Zusätzlich hatten sie in dieser Nacht wieder nur sehr wenig Schlaf bekommen. Drei Stunden und eine heiße Dusche mussten reichen. Nun standen sie mit zwei heißen, dampfenden Bechern Kaffee in der Hand vor der 2 x 3 Metern messenden Magnettafel in ihrem Büro und begutachteten die Informationen, die sie bisher zusammengetragen hatten. Viele waren es nicht.

Von kleinen blauen Magneten gehalten, klebten dort Tatort-Fotos, rechtsmedizinische Berichte, Fotos der Opfer und Listen von potenziellen Beweismitteln. Für den Laien sah es wie ein unzusammenhängender Wirrwarr aus. Und das war es zum jetzigen Zeitpunkt leider auch immer noch. Es gab keine Auffälligkeiten und keine Verbindung zwischen den Opfern. Auf den Punkt gebracht: Sie hatten nicht die kleinste Spur.

Der Leichenfund im Museum hatte die Situation nicht verbessert. Ganz im Gegenteil. Jetzt konnten sie wirklich jede Unterstützung gebrauchen.

Unruhig ging Vollmers vor der Tafel auf und ab. Anke Frerichs hatte es sich hinter ihm auf der Tischkante bequem gemacht und nippte an ihrem Kaffee. Aus dem Radio wehte *Biscaya* von

James Last durch den Raum. Wie immer lief NDR1, der Lieblingssender von Vollmers, an den sich mittlerweile sogar Anke Frerichs und ihr Kollege Enno Melchert gewöhnt hatten. Sie wechselten ihn nicht einmal mehr selbst, wenn der Chef nicht da war.

»Hast du Enno schon kontaktiert?« fragte Vollmers, ohne sich zu Anke umzudrehen. »Ich denke, wir brauchen ihn hier.«

»Ja, ich habe ihm auf seine Mailbox gesprochen, eine SMS und eine E-Mail geschickt.«

»Gut«, antwortete Vollmers, nahm einen großen Schluck von seinem Kaffee und wiegte den Becher nachdenklich in der Hand hin und her.

Anke Frerichs ergriff das Wort: »Also gut, wir haben bisher drei Tote, die scheinbar nichts miteinander zu tun haben, außer dass sie aus dem Großraum Oldenburg kommen. Wo setzen wir an? Hast du eine Idee?«

Vollmers drehte sich langsam um, sein Rücken machte ihm wieder zu schaffen. Verkrampfungen. Anspannung äußerte sich bei ihm so.

»Wir haben drei Leichen. Zwei, die durch Gift getötet wurden, eine mit einem Messer. Ich würde sagen, die ersten zwei wurden mehr oder minder geplant getötet, und der mit dem Messer im Hals ist lediglich Beifang oder als Kollateralschaden zu bezeichnen. Der war nicht geplant. Da muss irgendwas schiefgelaufen sein. Vielleicht wurde der Täter überrascht, oder jemand war zu früh oder zu spät an einem vereinbarten Treffpunkt.«

»Oder er war einfach nur zufällig zur falschen Zeit am falschen Ort«, warf Anke Frerichs ein.

»Wahrscheinlich. Möglich ist das«, stimmte Vollmers zu.

»Und das Motiv? Warum tut er das?«

»Ich weiß es nicht, vielleicht möchte er auf sich aufmerksam machen, gesehen werden? Unser Täter ist möglicherweise ein zutiefst verletztes Wesen. Er leidet schon sehr lange. Vielleicht wurde er in seiner Kindheit vernachlässigt, missbraucht oder ist auf Grund seiner Optik oder einer anderen Auffälligkeit von seinen Mitschülern geärgert oder gemobbt worden. Wenn sich sowas über Jahre fortsetzt, kann das zu einem Trauma führen.«

»Möglich«, stimmte Anke Frerichs zu. »Bleiben uns als Ansatzpunkt also zunächst nur die beiden anderen Opfer. Hier ist die gemeinsame Verbindung die Todesursache Gift.«

»Genau«, nickte er. »Gift ist nicht gerade eine der populärsten Tötungsarten.«

»Außer bei Beziehungstaten«, gab Anke Frerichs zu bedenken.

»Stimmt, aber das hier sieht mir irgendwie nicht nach einer aus. Zumindest konnten wir bisher keine Beziehung zwischen den Opfern herstellen. Nach dem bisherigen Stand der Dinge kannten sie sich weder, noch standen sie irgendwie anders miteinander in Verbindung.«

»Wir sollten uns zunächst auf das Gift konzentrieren. Dr. Braun hat doch irgendwas von Pfeilgift erwähnt. Sicherlich wird sie uns dazu in Kürze mehr sagen können. Das müssen wir abwarten. In der Zwischenzeit recherchierst du im Archiv, was wir hier in den letzten Jahren an giftbedingten Todesfällen hatten, und ich setze mich mit der Giftnotrufzentrale in Göttingen in Verbindung und versuche da eine Liste über Vergiftungen und Todesfälle mit Gift zu bekommen. Die führen doch mit Sicherheit auch irgendwelche Statistiken oder Fallakten.«

»War eigentlich schon jemand bei den Angehörigen des dritten Opfers?«

»Ja, beziehungsweise nein. Hanna Bolt war Single, und ihre Eltern befinden sich zurzeit im Urlaub. Dummerweise auf einer Safari in Südafrika. Man hat eine Nachricht im Hotel hinterlassen. Wir warten auf ihren Rückruf.«

»Okay, dann mal an die Arbeit. Jetzt heißt es Akten wälzen.«

Fast den ganzen restlichen Tag verbrachten sie mit Recherche, Telefonaten und dem Versuch, eine Verbindung zwischen den Opfern herzustellen. Der Kaffee floss in Strömen, und aus der sonst üblichen Schachtel Zigaretten wurden zwei. Doch so sehr sie sich auch bemühten und sich den Kopf zerbrachen, sie kamen keinen Schritt weiter. Frustriert gingen sie in den Feierabend, nicht ahnend, dass es schon sehr bald ein weiteres Opfer geben würde.

12

Sorgsam klappte er den Deckel seines Netbooks zu, schob den samtigen Schutzbezug darüber und verstaute es vorsichtig in der kleinen Aushöhlung unter der lockeren Bodenfliese unter seinem Bett.

Er lächelte. Endlich hatte man ihn bemerkt. Jetzt hatte er es Schwarz auf Weiß. Auf www.nwzonline.de hatte er alles erfahren, was er wissen wollte. Die Jagd hatte begonnen, das Spiel nahm seinen Lauf – es war Zeit für den nächsten Schritt.

Zufrieden verschränkte er die Hände hinter dem Kopf und ließ sich rücklings langsam auf seine Pritsche zurück sinken. Sein Blick wanderte nachdenklich an der Decke entlang. Der nächste Schritt wollte wohl überlegt sein.

Er wollte es der Polizei nicht zu einfach machen. Vor dem großen Finale sollten sie erst mal richtig ins Schwitzen kommen. Allein die Vorfreude auf seinen bevorstehenden Triumph löste etwas Magisches in ihm aus.

Etwas rührte sich in seiner Hose, seine Hand öffnete vorsichtig seinen Gürtel und die Knöpfe seiner Jeans. Er hatte jetzt erst einmal etwas anderes zu erledigen, danach würde er sich um die beiden Kommissare kümmern ...

13

Während Anke Frerichs und Werner Vollmers im Büro schwitzten, hatte Claas Thiessen sein Ziel fast erreicht. In freudiger Erwartung steckte er sein iPhone wieder in seine Hosentasche und stieg weiter die kleine Anhöhe hinauf. Sein Weg hatte den 35-Jährigen nach Ohmstede an den Hochheider Weg geführt. Gespannt sah er sich um. Keine Menschenseele in der Nähe. Nur auf dem rechts unter ihm liegenden Sportplatz tobten ein paar Kids und spielten Fußball.

Die Sonne schien wärmend vom Himmel. Der Sommer hatte erneut einen kurzen Zwischenstopp eingelegt. Er wischte sich ein paar verklebte Strähnen seiner hellbraunen Haare aus der Stirn und ging weiter auf dem gepflasterten Weg in Richtung seines Ziels. Links neben ihm ragte die massive Schallschutzmauer der Autobahn auf. In der Ferne konnte er das leise Gegröle von Kindern, die sich im Freibad am Flötenteich vergnügten, vernehmen. Er hatte den Scheitelpunkt des kleinen Bergs fast erreicht. Nur noch wenige Schritte.

Unter Freunden nannten sie die eher mickrige Anhöhe nur »Mount Ohmstede«. Erneut schaute er sich um. Niemand da. Er suchte nach irgendeinem Zeichen, einem Wegweiser oder einem anderen verdeckten Hinweis, der ihm den Weg weisen könnte. Er war sich sicher, hier irgendwo musste es sein. Sein Blick fiel auf eine kleine Lücke zwischen den Büschen.

Hier war bereits vor ihm jemand durchs Unterholz gegangen. Er verließ den Weg und trat vorsichtig auf den unscheinbaren Pfad. Nur zwei bis drei Schritte weiter zeichneten sich vor ihm bereits die regelmäßigen Stufen der Schallschutzwand ab.

Vorsichtig fing er an zu suchen. Seine Anspannung stieg. Plötzlich ein Geräusch hinter ihm. Er fuhr zusammen. Ein Fahrradfahrer sauste an ihm vorbei, ohne ihn auch nur bemerkt zu haben. Claas Thiessen wischte sich erleichtert ein paar Schweißtöpfchen von der Oberlippe und versuchte sich zu beruhigen. Er wandte sich wieder den Fächern in der Mauer zu und untersuchte sie weiter, indem er mit der Hand vorsichtig hineingriff und sie abtastete. Die ersten fünf Felder brachten keinen Erfolg. Dann fühlte er etwas. Die glatte, runde Oberfläche des gesuchten Behältnisses schmiegte sich glatt und kühl in seine Hand. Freudig erregt zog er das reagenzglasähnliche Röhrchen aus seinem Versteck. Ein Gefühl des Triumphes machte sich in ihm breit. Er hatte gefunden, was er gesucht hatte. Vorsichtig öffnete er den Schraubverschluss und versuchte den Inhalt ebenso vorsichtig auf die Fläche seiner linken Hand herauszuschütteln. Jedoch ohne Erfolg. Er blickte seitlich in das Röhrchen und konnte einen Zettel und etwas anderes erkennen. Behutsam schob er den kleinen Finger seiner rechten Hand in die Öffnung und versuchte das Papier gegen die Außenwand des Röhrchens zu drücken, um es dann herauszuziehen. Es klappte nicht. Nun bildeten sich einige Schweißtröpfchen auf seiner Stirn. Ein weiterer Versuch. Er drückte seinen Finger noch etwas tiefer in das Röhrchen. Wieder ein Fehlschlag. Er bekam es einfach nicht richtig zu fassen. Nun presste er seinen Finger förmlich in die kleine Öffnung.

Plötzlich zuckte er zusammen. Ein Stich. Unter Schmerzen zog er den Finger samt Zettel aus dem Röhrchen. Ein dicker Tropfen Blut tropfte von seinem Finger herab. Er brannte wie Feuer. Ein merkwürdiges Gefühl begann sich in ihm auszubreiten.

Er leckte das Blut von seinem Finger. Ihm wurde schwindelig. Unbeholfen taumelte er zwischen den Büschen zurück auf den Weg. Hilfesuchend schaute er sich um. Von weitem hörte er das leiser werdende Kreischen der spielenden Kinder vom Sportplatz. Seine Beine gaben nach. Das Röhrchen fiel zu Boden und zerbrach. Eine Art Spritze kullerte über den Boden. Claas Thiessen verlor das Bewusstsein. Keine drei Minuten später war er tot.

Der Zettel war auf den Boden gefallen. Auf ihm stand:

N5308312E00812507 und du bist tot!

14

Als der Anruf ein paar Stunden später kam, steckte Werner Vollmers gerade mit beiden Armen, nur mit einem weißen Feinrippunterhemd bekleidet, in seinem Aquarium und riss Pflanzen heraus. Gerade musste wieder eine Egeria densa dran glauben.

Das tat er immer, wenn der Stress zu groß wurde oder er bei einem Fall nicht weiterkam. Dann stürzte er sich auf sein Aquarium und baute es um. Jan Olsen, der Inhaber der Firma Aquadesign in der Stedinger Straße, wo Vollmers immer seinen Aquarienbedarf kaufte, konnte das nur recht sein. Jetzt fiel Vollmers' Umbauwahn eine Hygrophila corymbosa zum Opfer und flog in hohem Bogen in den weißen Eimer, der vor dem etwa zwei Meter breiten Becken stand und mittlerweile bis zu drei Vierteln mit Wasserpflanzen und Algen gefüllt war.

Die Fische hatten sich scheinbar schon an die regelmäßigen Störungen gewöhnt und sich in eine Ecke des Beckens verzogen. Geduldig warteten sie, bis das Schauspiel vorbei war.

Als Vollmers gerade anfing, ein Steingebilde in der Mitte des Beckens auseinanderzunehmen, kam seine Frau Gabriele mit dem Telefon in der Hand ins Wohnzimmer und blieb im Türrahmen stehen.

»Das Präsidium ist dran«, rief sie und fuchtelte mit dem weißen Mobilteil herum.

Vollmers grummelte. »Du siehst doch, dass ich gerade nicht kann.« Er hantierte, ungehalten über die plötzliche Störung, ungeschickt im Becken herum, und das Steingebilde, das seinen Buntbarschen als Bruthöhle dienen sollte, fiel in sich zusammen.

»Es ist dringend, sagen sie.« Sie hielt ihm den Hörer ans Ohr.

»Vollmers!« rief er ins Telefon. Eine leise Stimme drang undeutlich aus dem Hörer. Er hielt inne und erstarrte förmlich in der Bewegung. Die Steinhöhle fiel gänzlich in sich zusammen. »Was?« stieß er hervor. »Ich komme sofort!«

Gabriele Vollmers nahm ihm den Hörer vom Ohr und reichte ihm sein Handtuch, das er über eine Ecke des Aquariums gehängt hatte und zum Abtrocknen diente. Nachdenklich nahm Vollmers das Handtuch entgegen und trocknete sich die Arme bis zu den Oberarmen und unter den Achseln gründlich ab.

»Ich muss noch einmal los. Der Mörder hat wieder zugeschlagen.«

Gabriele Vollmers sah ihren Mann besorgt an. Sie konnte sich auch nach über dreißig Jahren nicht an diese Art von Anrufen gewöhnen. Angst kroch ihr den Nacken hoch. »Du musst etwas essen«, sagte sie leise.

»Eine Tasse Kaffee und ein Käsebrot werden reichen«, antwortete Vollmers. Er sah ihren besorgten Blick. »Vielleicht noch eine Bockwurst dazu. Danke!« Er küsste seine Frau auf die Wange und verschwand in Richtung Bad.

Als er gerade in die hellgrüne 70er-Jahre-Badewanne stieg, hörte er bereits das Brummen der Senseo. Der Duft nach heißem Kaffee lag in der Luft. Ein Käsebrot und eine Bockwurst sollten für länger das Einzige sein, was er zu essen bekommen würde.

15

Als Vollmers im Friedhofsweg 30 eintraf, waren seine Kollegen ebenfalls bereits da. Anke Frerichs stand mit einer Tasse Kaffee in der Hand vor der Magnettafel, und Enno Melchert saß tief gebeugt vor seinem PC und hackte Daten in den Computer.

Der 32-jährige Enno Melchert war ein echtes Multitalent in solchen Sachen. Recherchieren, Ordnen und das Herstellen von Zusammenhängen waren die Stärke des dunkelblonden Einmeterzweiundneunzig-Schlackses aus Leer.

Er war vor einigen Jahren über Umwege zur Polizei gekommen. Vorher hatte er nach einem in Rekordzeit abgeschlossenen Journalismus-Studium für verschiedene Zeitungen als freiberuflicher Reporter gearbeitet und dort vorrangig über Kriminalfälle berichtet. Doch das hatte ihm irgendwann nicht mehr gereicht. Er wollte nicht nur über Mord und Totschlag schreiben, er wollte selbst mitmischen, etwas beitragen. Die Welt ein kleines bisschen besser und sicherer machen. So hatte er sich dann bei der Polizei beworben und war mit Kusshand genommen worden.

Nach der Ausbildung in der Oldenburger Polizeiakademie in Bloherfelde hatte man ihn dann in das 1. Fachkommissariat für Straftaten gegen Lebens-, Gewalt- und Sexualdelikte, im Präsidium am Friedhofsweg 30, versetzt. Hier war der freundliche und unkomplizierte Hörspielfan sofort gut angekommen. Er liebte es, sich Unbekannten mit dem leicht abgewandelten Standardspruch seiner Lieblings-Detektive, den *Drei ???*, vorzustellen. 1. Detektiv: Justus Jonas, 2. Detektiv: Peter Shaw, Recherche und Archiv: Enno Melchert.

Melchert, Vollmers und Frerichs hatten in der Vergangenheit schon öfter zusammengearbeitet, und jedes Mal hatten sie den anliegenden Fall zusammen aufklären können. Ennos Kombinationsgabe hatte sie mehr als einmal auf die richtige Spur gebracht, zum Beispiel im Fall eines Prostituiertenmörders, dem Fall eines Serienvergewaltigers, der zehn Studentinnen der Carl-von-Ossietzky-Universität in Wechloy zuerst misshandelt und dann verstümmelt zurückgelassen hatte, oder der Entführung der 16-jährigen Tochter eines Hähnchenzüchters aus Habern II bei Wardenburg.

Er war über die Jahre zu einer verlässlichen Größe im Team geworden. Wie immer saß er nun an seinem Computer, pflegte die digitale Fallakte und versuchte über komplexe Programme und Wahrscheinlichkeitsrechnungen zu einer Lösung beizutragen. Für Vollmers war dieser neumodische Kram noch immer keine richtige Polizeiarbeit, doch auch er konnte nicht leugnen, dass die neuen EDV-gestützten Ermittlungsmethoden auch ihre Vorteile hatten.

»Hallo zusammen«, begrüßte Vollmers die Kollegen. Anke Frerichs und Enno Melchert nickten stumm.

»Hallo Enno, danke, dass du extra aus dem Urlaub zurückgekommen bist. Hast du schon gehört, was hier los ist?«

»Ja, leider. Ne ganz schöne Scheiße, in der wir da stecken, was?«

»Hat dich Anke schon auf den aktuellen Stand der Dinge gebracht?«

»Ja, grob zumindest. Ich habe schon angefangen, alles in die Kiste zu hacken.« Enno deutete auf den Bildschirm hinter sich.

»Wir haben noch einen«, mischte sich Anke Frerichs ein.

»Ich weiß, erzähl.«

Anke Frerichs setzte gerade zum Sprechen an, da klingelte das Telefon. Vollmers nahm ab, Dr. Braun war am Apparat.

»Warte einen Moment, ich stelle auf Lautsprecher«, sagte er und begann auf dem Telefon herumzudrücken. Ein hohl klingendes Knacken und Geraschel ertönte. Er legte den Hörer vorsichtig vor sich auf den Tisch.

»Kannst du uns hören?« fragte Vollmers in den Raum.

»Ja, es geht«, antwortete Dr. Braun. »Hallo zusammen.«

»Hi Doc«, rief Enno Melchert aus dem Hintergrund.

»Hallo Dr. Braun«, ergänzte Anke Frerichs.

Ohne Umschweife kam Elena Braun zur Sache: »Wie ihr nachlesen konntet, haben wir hier einen weiteren Giftmord nach dem bereits bekannten Muster zu verzeichnen. Das Opfer ist männlich, 35 Jahre alt, er wurde tot in Ohmstede gefunden, keine offensichtlichen Verletzungen bis auf einen kleinen Einstich am kleinen Finger.«

»Nun ist es also klar: Wir haben es mit einem Serientäter zu tun. Soviel ist sicher«, sprach Vollmers aus, was alle dachten.

Zunächst herrschte Schweigen auf beiden Seiten, bis Dr. Braun erneut das Wort ergriff. »Meine Assistentin Dr. Barkemeyer hat sich intensiv mit den gefundenen Substanzen auseinandergesetzt und die Proben analysiert. Sie ist zu einem sehr interessanten Ergebnis gekommen.« Ein Rascheln unterbracht das Gespräch, als Dr. Braun den Hörer an ihre Assistentin weitergab.

»Hallo zusammen«, eröffnete Barkemeyer das Gespräch.

»Hallo Dr. Barkemeyer«, antwortete Anke Frerichs stellvertretend für die drei Ermittler.

»Nach eingehender Analyse und mehrmaliger Überprüfung der bei den Opfern sichergestellten Substanzen kann ich Folgendes feststellen: Wir haben es hier und in den anderen Fällen mit einem einfachen, wenn auch sehr raffiniert hergestellten Gift zu tun, einem sogenannten Pfeilgift.«

Die drei Kommissare am anderen Ende der Leitung lauschten gespannt.

Melchert ergriff das Wort. »Pfeilgift?«

»Als Pfeilgift werden Gifte bezeichnet, die von verschiedenen Völkern zur Jagd auf ihre Pfeilspitzen aufgetragen werden. Viele Gifte sind Lähmungsgifte, die dann später in der Regel ohne gesundheitliche Auswirkungen mit der zubereiteten Nahrung aufgenommen werden können. Einige führen zu Herzstillstand oder inneren Blutungen. Pflanzlich gewonnene Pfeilgifte sind beispielsweise die Curare-Arten aus Rinden und Blättern verschiedener südamerikanischer Lianen, das Antiarin aus dem Upasbaum, Strophanthin aus Strophanthusgewächsen, Protoveratrin und Germerin aus Germer sowie das Aconitin aus dem Eisenhut. In Südafrika werden Pfeilgifte hauptsächlich aus der Fächerlilie gewonnen, die eine Vielzahl von giftigen Substanzen enthält. Tierisch gewonnene Pfeilgifte stammen aus den Hautabsonderungen der Pfeilgiftfrösche, von Schlangen oder verschiedenen Pfeilgiftkäferlarven«, führte Barkemeyer aus, ohne auch nur einmal Luft zu holen.

»Okay, okay, okay. Moment mal, bitte! Sie wollen uns also erzählen, dass hier in Oldenburg Leute mit Gift von irgendwelchen Fröschen oder aus Pflanzen aus Südamerika ermordet werden?«

»Im Prinzip ja, aber das trifft es nicht ganz. Das Faszinierende dabei ist, dass es in allen drei Fällen aus bei uns heimischen Pflanzen hergestellt worden ist«, fügte Barkemeyer hinzu.

»Faszinierend«, flüsterte Melchert und sah seine Kollegen abwechselnd stirnrunzelnd an. »Ist die noch ganz in Ordnung?« Vollmers schüttelte den Kopf und legte den Finger auf die Lippen.

»Was meine Assistentin meint, ist, dass die Herstellungsart beziehungsweise die Herkunft äußerst außergewöhnlich ist«, sagte Dr. Braun. »Wir haben Spuren von Aethusa cynapium, der Hundspetersilie, von Ilex aquifolium und Buxus sempervirens, dem gewöhnlichen Buchsbaum, gefunden. Das sind alles einheimische Pflanzen, aus denen das Gift gewonnen wurde ...« Barkemeyer unterbrach sie: »... und dann nach dem Prinzip des Pfeilgiftes eingesetzt wurde. Das heißt, es wurde vom Mörder bewusst auf spitze Gegenstände aufgetragen, die dann die Haut des jeweiligen Opfers verletzt haben. So gelangte das Gift in den Blutkreislauf und hat sie getötet.«

»Ich glaub, ich spinne«, entfuhr es Anke Frerichs.

»Ach ja, was vielleicht noch anzumerken ist: Wir haben diesmal eine Nachricht vom Mörder erhalten. Einen Zettel.«

Diese Info war neu für Vollmers. Anke Frerichs kramte in den Unterlagen nach einer Faxkopie und reichte sie ihm. Schweigend betrachtete er die einzelne Zeile.

N5308312E00812507 und du bist tot!

Dann sagte er: »Ich würde es eher als eine Aufforderung zum Spielen betrachten. Danke, Elena. Gute Nacht.« Geistesabwesend legte er den Hörer auf die Gabel und beendete das Gespräch mit der Rechtsmedizinerin und ihrer Assistentin.

Was folgte, war eine weitere Nacht ohne Schlaf für die drei Ermittler.

16

Dunkelheit. Ein Gemisch aus Schwarz und Grau umgab ihn. Er lag nackt in seinem Zimmer auf dem Bett. Etwas hatte ihn aus dem unruhigen Schlaf gerissen und ihn geweckt. Verwirrt blickte er um sich, tastend versuchten seine Finger die Brille auf dem Nachttisch zu finden.

Mit verschwommenem Blick versuchte er das schwarze Nichts mit den Augen zu fixieren, das langsam und unaufhaltbar auf ihn zuzuschleichen schien. Mit jedem Augenzwinkern schien es wieder in sein Versteck in der Ecke des Zimmers zurückzuweichen – um gleich darauf einen neuen Anlauf zu nehmen. Angst.

Er starrte in die Nacht. Kalter Schweiß klebte an seinem Körper und ließ ihn frösteln. Es schien, als würden die Schatten nach ihm greifen, eine liebliche, leise Stimme flüsterte seinen Namen. Es war die Stimme seiner Schwester.

17

Die Nordwest-Zeitung berichtet:

Leiche auf Fußweg entdeckt – 4. Opfer des Serienkillers?

Ohmstede/Nadorst Im Oldenburger Stadtteil Ohmstede wurde gestern auf dem Verbindungsweg Hochheiderweg Richtung Nadorster Straße, entlang der Autobahn, die Leiche eines circa 30 bis 35 Jahre alten Mannes entdeckt. Sein Körper wies keine Folgen äußerer Gewalteinwirkung auf, so ein Polizeisprecher. Da die Todesursache noch unklar war, wurde die Obduktion des Leichnams angeordnet. »Wir ermitteln in alle Richtungen«, erklärte der Sprecher. Der Mann wurde von einem Spaziergänger mit seinem Hund entdeckt, der den leblosen Körper auf dem Weg liegen sah. Der Notarzt, der sofort alarmiert wurde, konnte nur noch den Tod feststellen. Ein eventueller Zusammenhang mit den vorangegangenen Leichenfunden am Kleinen Bornhorster See und dem Landesmuseum wird weder bestätigt noch dementiert.

18

Friedhofsweg 30. Am frühen Nachmittag öffnete sich die Tür des Büros der drei Ermittler, und der Kopf von Ralf Petershagen, dem Kollegen aus dem Dezernat für Sexualdelikte, erschien im Türrahmen.

»Wallander nicht da?« fragte er grinsend.

»Ist zu Brockshus, Kuchen holen«, antwortete Enno Melchert, ohne auf seinen Witz einzugehen. Petershagen nannte Vollmers immer so, weil er genau wie der schwedische Romankommissar von Henning Mankell das gleiche Auto, einen Saab, fuhr und in Kollegenkreisen als mindestens ebenso verschroben galt wie dieser.

»Mist. Der hätte ja auch mal fragen können. Ne schöne Donauwelle wäre jetzt echt nicht schlecht.« Petershagen trat ins Zimmer und schloss die Tür hinter sich.

»Schick ihm doch ne SMS, vielleicht hast du ja Glück«, warf Anke Frerichs ein, die vor einem riesigen Stapel Akten saß und auf einem Kugelschreiber kauend gelangweilt aufsah.

»Mal was anderes. Kommt ihr heute eigentlich mit zum Stadtfest? Wir wollen mit ein paar Kollegen erst was essen gehen und dann auf ein paar Bierchen in die Stadt.«

Enno Melchert drehte sich um. »Ist schon wieder Stadtfest? Hammer. Also ich hätte wohl Lust. Wie sieht es mit dir aus?«

Anke Frerichs zog ihren Terminplaner aus der Tasche und blätterte suchend darin hin und her, dann sagte sie: »Okay, das geht. Tanja muss erst arbeiten und kommt dann später nach. Wir wollen noch ins *Between the sheets* einen Cocktail schlürfen. Freundinnen von uns, Christina und Nicole, legen heute dort auf. Passt!«

»Vollmers?«

»Machst du Witze? Den kriegen doch keine zehn Pferde aufs Stadtfest. Zu voll, zu eng und zu laut – und außerdem gibt es kein Clausthaler Alkoholfrei.« Melchert grinste.

»Okay, dann um 19 Uhr bei Franz.«

»Cool, lecker Steak essen«, freute sich Enno Melchert. Das Steakhaus gegenüber vom Pferdemarkt war sein Lieblingsrestaurant.

Während Enno Melchert und Anke Frerichs im Büro noch über Akten brüteten und im Internet recherchierten, lenkte Werner Vollmers seinen anthrazitfarbenen Saab durch die Nadorster Straße zurück in Richtung Präsidium. Auf dem Rücksitz lagen eine ganze Platte Butterkuchen, zwei Stück Donauwelle und ein großes Stück Bienenstich mit Cremefüllung. Vollmers liebte Butterkuchen. Er hatte ein echtes Faibel für guten Kuchen. Warum wussten nur die wenigsten. Nicht einmal die engsten Kollegen ahnten, dass Vollmers, bevor er damals zur Polizei gekommen war, zunächst eine Ausbildung zum Konditor absolviert hatte, sich dann aber aufgrund einer Wespenallergie beruflich umorientieren musste. Seine Vorliebe für Kuchen war ihm aber über die Jahre geblieben. Deswegen nahm er gern den Weg zur Konditorei Brockshus auf sich.

Wie beiläufig zogen die Geschäfte der Nadorster Straße an ihm vorbei: Porzellan Voss, das Hörstudio Siefken, der Tauchertreff von Martin Schlifski, McWok und schließlich die Firma Willers. Laternenmasten mit diversen Plakaten kündigten neben dem alljährlichen Stadtfest die bald anstehenden Bundestagswahlen an. Die Ampel sprang auf Rot. Vollmers ignorierte die grinsenden Politiker auf den Plakaten und verfolgte nachdenklich das Treiben vor der Drogenberatungsstelle Rose 12, auf der gegenüberliegenden Seite. Unzählige Gestalten bevölkerten den Gehsteig, grölten, krakeelten und zankten sich dort. Fahrräder versperrten den Fußweg. Plötzlich kippte eines um, ein auf dem Gepäckträger befestigter Eimer fiel auf die Straße, und weiße Farbe ergoss sich auf den Bürgersteig. Niemand kümmerte sich darum. Als die Ampel auf Grün sprang, trat er wütend aufs Gas und machte ein halsbrecherische Kehrtwendung nach rechts, bog in die Alexanderstraße ein und beschleunigte. Die Gertrudenkapelle stand unbeeindruckt da und trotzte der Zeit. Zwei in schwarzes Leder gekleidete Mitglieder eines Motorradclubs, der an der Alexanderstraße sein Vereinsheim hatte, schauten dem qualmenden Diesel irritiert hinterher.

Etwa zur gleichen Zeit war Gabriele Vollmers in ihrem gemeinsamen Haus in Metjendorf damit beschäftigt, das Abendessen für sich und ihren Mann vorzubereiten. Sie saß im Wohnzimmer. Der Fernseher lief, und in der Küche dudelte NDR1 vor sich hin, während sie mit einem Tuch über den Knien

Kartoffeln für die Gemüsesuppe würfelte, die sie kurz zuvor beim Edeka Am Stadtrand besorgt hatte. Sie hatte die knapp zwei Kilometer ins »Ausland« – nach Ofenerdiek – wie immer mit ihrem mittlerweile fast zwanzig Jahre alten blauen Polo zurückgelegt.

Sie amüsierte sich gerne über ihre eigenartige Wohnsituation. Sie wohnten ja hier in Metjendorf »offiziell« im Ammerland und gehörten komischerweise zu Wiefelstede, obwohl sie wiederum eine Oldenburger Vorwahl hatten und die Stadtgrenze zu Oldenburg keine dreihundert Meter Luftlinie entfernt lag. Gabriele Vollmers war es eigentlich gleich, doch im Herzen fühlte sie sich schon immer mehr als Oldenburgerin denn als Ammerländerin.

Die Nachrichten des Friesischen Rundfunks hatten gerade begonnen. Auch hier wurde über die Morde in Oldenburg berichtet.

Zu Hause sprachen Werner und Gabriele Vollmers nicht viel über seine Fälle und die Arbeit; er wollte seine Frau nicht unnötig beunruhigen, doch das funktionierte leider aufgrund der fast allgegenwärtigen Medien heutzutage nicht mehr besonders gut.

Gerade hatte der höchstens 25-jährige Nachrichtensprecher mit einem ordentlich gezogenen Linksscheitel und der bedeutungsschweren Miene eines ambitionierten Laienschauspielers seinen Bericht über die zu erwartende schlechte Ernte beendet, als das Telefon klingelte. Gabriele Vollmers zuckte wie sooft kurz zusammen, aus Angst, es könnte irgendwann einmal ein Kollege vom

Präsidium mit *der* schlechten Nachricht sein. Aber die Nummer auf dem Display war Gott sei Dank nicht die vom Präsidium. Es war ihre Schwester aus Bremen. Erleichtert drückte sie den Annahmeknopf.

»Was ist denn da bei euch los?« tönte es ohne Vorwarnung aus dem Hörer. »Ich hab gerade die Nachrichten gesehen. Ein Serienkiller in Oldenburg? Hat Werner schon eine Spur?«

Gabriele Vollmers atmete tief durch, legte das Kartoffelschälmesser beiseite und machte sich auf ein längeres Telefonat gefasst.

»Haben wir schon etwas über den jungen Mann aus Ohmstede herausgefunden?«

»Leider nur sehr wenig.« Anke Frerichs stellte ihren Kuchen beiseite und blätterte in einem Schnellhefter, den sie von einem der Stapel auf ihrem Schreibtisch genommen hatte. »Claas Thiessen war alleinstehend, kein Freund oder Freundin, und wohnte in Nadorst in der Bürgerstraße 57. Beide Eltern sind bereits seit einigen Jahren tot.« Sie blätterte weiter. »Er hat als Verkäufer bei Willers in der Nadorster Straße 6 gearbeitet.«

»Dem Werkzeugladen gegenüber vom Gertrudenfriedhof?« fragte Werner Vollmers. »An dem bin ich gerade vorbeigefahren.«

»Richtig, Werkzeug, Berufsbekleidung und Sicherheitstechnik. Männerspielzeug halt«, ergänzte Enno Melchert grinsend, mit von der Donauwelle geschwärzten Zähnen.

»Na, na, na, mal langsam, Jungs. Männerspielzeug? Selbst ist die Frau.« Anke Frerichs hob demonstrativ den rechten Arm und zeigte ihren Bizeps.

»Uuuuh, Muskeln wie ein Spatz Krampfadern«, neckte Enno sie. Im Spaß holte sie mit dem Schnellhefter aus, um ihm eins überzuziehen.

Vollmers rief sie zur Räson: »Ist gut nun. Weiter, bitte.«

Anke Frerichs schlug den Schnellhefter erneut auf und fuhr fort: »Laut den Kollegen, die bei Willers nachgefragt haben, war Thiessen ein sehr netter und kompetenter Mitarbeiter. Er war bei allen Kunden und seinen Kollegen sehr beliebt, aber ansonsten eher ein Einzelgänger. Über Hobbys oder sonstige Freizeitaktivitäten war nicht viel rauszubekommen, außer dass er in den Pausen immer irgendwie mit seinem Handy in Gange war. Alles in allem nichts Besonderes.«

»Also in dieser Richtung scheint nicht viel zu holen zu sein. Ermittlungstechnisch sieht das, was Thiessen als Person betrifft, nach einer Sackgasse aus.«

»Was mir nicht klar ist: Was wollte der überhaupt?«

»Drogen?«

»Nein, sein Drogentest war negativ.«

»Vielleicht war er ein kleiner dreckiger Dealer?«

»Glaube ich nicht. Seine Kollegen haben nichts in dieser Richtung erwähnt. Nicht mal ansatzweise.«

»Bleibt da bitte trotzdem dran. Versucht etwas über ihn rauszufinden. Vielleicht findet ihr ja was bei Google oder Facebook. Wir brauchen einen Grund.«

»Sonst bleibt uns nur der Zettel, der am Tatort gefunden wurde.«

»Sind wir damit schon weiter?« wollte Enno Melchert wissen.

»Nicht wirklich. Die Rechtsmedizin arbeitet noch dran. Sie versuchen die Zahlenkolonne zu entschlüsseln beziehungsweise ihr irgendeinen Sinn oder Zweck zuzuordnen. Wir müssen abwarten, was da kommt.« Leicht resigniert legte Anke Frerichs den Schnellhefter zur Seite und setzte sich auf die Ecke ihres Schreibtisches. Vollmers und Enno Melchert saßen minutenlang schweigend da, dann stand Vollmers auf.

»Lassen wir es für heute gut sein.« Umständlich zog er seinen Anorak an und setzte seinen Hut auf. Fast an der Tür angekommen, wühlte er bereits in seinen Taschen herum, auf der Suche nach einer Zigarette. »Morgen sehen wir weiter ...«

Dann verließ er das Büro und steckte sich bereits eine Boston an, noch während er die Tür hinter sich zuzog.

19

Überall um ihn herum herrschte ein wildes Durcheinander. Unzählige Menschen schubsten, drängelten, feierten und grölten. Es hatte ihn heute Nacht in die Innenstadt gezogen. Traditionell begann das Oldenburger Stadtfest immer am letzten Donnerstag im August. Am Nachmittag hatte der Bürgermeister das Fest mit einem Fassbieranstich eröffnet. Jetzt, mittlerweile war es 23.30 Uhr, feierten die Oldenburger mehr als ausgelassen.

Ausnahmsweise spielte dieses Jahr auch mal das Wetter mit, es war T-Shirt-warm und trocken. Die Besucher genossen einen der vielleicht letzten richtigen Sommertage und feierten in der gesamten Oldenburger Innenstadt, als gäbe es kein Morgen. Überall konnte man die unterschiedlichsten Gruppierungen ausmachen. Der Donnerstag war traditionell der Tag der Firmen. Es ging um sehen und gesehen werden, Kontakte pflegen und ausgelassenes Feiern. Wie ausgelassen, das würde man am Freitagmorgen bemerken, wenn man irgendwo anrief. In vielen Unternehmen ging dann nicht selten eine sehr müde klingende Notbesetzung ans Telefon – oder gar keiner. Nicht wenige Betriebe machten am Stadtfestfreitag sogar ganz zu.

Um nicht komplett in das Gedränge hineingezogen zu werden und von dem Strom der sich durch die Achternstraße schiebenden Menschen mitgerissen zu werden, hatte er sich hinter einem Bierwagen direkt gegenüber der Hirschapotheke zurückgezogen. Von hier hatte er alles im Blick.

Eben war der laienhaft wirkende, viel zu dicke Elvis-Imitator von der Bühne gegangen. Mit drei Zugaben hatte er das durchweg stark alkoholisierte Publikum gequält. *Are you lonesome tonight?*

Er hatte sich immer allein gefühlt, schon während seiner Kindheit; im Teenager-Alter und danach – bis heute. Das Bad in der Menge konnte die Einsamkeit auch nicht verdrängen, aber zumindest für einen Moment die Illusion erzeugen, nicht ganz allein auf der Welt zu sein. Der Alkohol leistete einen kleinen Beitrag. Morgen und heute Nacht würde er dafür bezahlen. Er konnte die sich leise heranschleichenden Kopfschmerzen schon erahnen. Auch die Stimmen würden ihn heute nicht zur Ruhe kommen lassen, aber das nahm er in Kauf – um sich für einen Moment nicht ganz allein und verloren zu fühlen.

Auf Elvis war die Rockband Consilium gefolgt. Die Songs von Saga, Toto und Brian Adams tönten durch den engen Gang vor H&M. Er nippte an seinem Bier, trommelte mit dem Finger im Takt auf den Tresen und glotzte einer drallen Endzwanzigerin in einem viel zu engen Shirt auf die üppigen Brüste. Etwas regte sich in ihm. Schnell sah er weg. Die Band spielte ein Stück von Supertramp, sein Blick wanderte zurück zu dem Mädchen. Mit der rechten Hand drückte er gegen den Reißverschluss seiner Jeans.

Unvermittelt schob sich jemand zwischen ihn und die Frau in sein Blickfeld. Er zuckte zusammen und fegte dabei sein Bierglas von der Tischplatte.

Keine zwei Meter von ihm entfernt drückte sich Anke Frerichs mit einer kurzhaarigen Frau an der

Hand an ihm vorbei. Er erkannte sie sofort. Er hatte ihr Bild mehr als einmal in der Nordwest-Zeitung gesehen. Die Frau an ihrer Seite musste ihre Lebensgefährtin sein. Panik wallte in ihm auf, seine Hand glitt in seine Hosentasche zu seinem Springmesser, dessen Klinge er sorgfältig mit einer giftigen Substanz aus Fingerhutextrakt behandelt hatte. Schweiß rann ihm von der Stirn, eine Frau neben ihm schrie ihn wegen des runter geschmissenen Bieres an. Er registrierte nicht, was sie rief.

Er zwang sich zur Ruhe und zog sich langsam noch weiter in den Hintergrund zurück. Anke Frerichs drängte an ihm vorbei, ohne auch nur ansatzweise von ihm Notiz zu nehmen. Warum sollte sie auch? schalt er sich in Gedanken. Er entspannte sich etwas.

Mittlerweile hatte die Kommissarin die Hirschapotheke erreicht und bog in Richtung der Thalia Buchhandlung ab. Die Anspannung fiel nun fast gänzlich von ihm ab. Dann wechselte sein Gemütszustand von Erleichterung in Wut. Er hatte eine riesengroße Chance im wahrsten Sinne des Wortes ungenutzt an sich vorbeiziehen lassen. Außer sich vor Wut schlug er mit der Faust auf den Tresen. Die Frau, die immer noch lamentierend neben ihm stand, erschrak und machte sich schnurstracks von dannen.

Irgendwer musste dafür bezahlen. Jetzt! Er musste diese Wut loswerden. Sein Blick suchte die Endzwanzigerin mit den dicken Brüsten – und fand sie. Langsam und vorsichtig folgte er ihr Richtung Marktplatz.

Am Samstag fand sich lediglich ein kleiner Artikel unten rechts im Innenteil der Nordwest-Zeitung:

Innenstadt / Junge Frau nach Stadtfestbesuch vergewaltigt. Täter flüchtig. Polizei ermittelt.

Die Frau wurde nach der Entlassung aus dem Krankenhaus zur weiteren psychologischen Betreuung in eine Klinik in Wehnen gebracht. Eventuelle Zeugen werden gebeten, sich bei der ermittelnden Polizeidienststelle zu melden.

20

Der nächste Morgen. Vollmers, Frerichs und Melchert hatten in der Nacht kaum ein Auge zugetan – aus den unterschiedlichsten Gründen. Vollmers hatte der Fall nicht zur Ruhe kommen lassen und die anderen beiden das Stadtfest. Sehr früh hatten sie sich in ihrem Büro am Friedhofsweg trotz der Müdigkeit eingefunden. Für den Moment war jeder mit seinen Angelegenheiten und Aufgaben beschäftigt. Anke Frerichs und Werner Vollmers wälzten Aktenberge, während Enno Melchert unruhig im Raum hin und her tigerte und mit einigen der persönlichen Gegenstände hantierte, die bei den Leichen gefunden wurden. Das Rechtsmedizinische Institut hatte mittlerweile auch die Sachen von Claas Thiessen rüberbringen lassen. Es war nichts Besonderes dabei: Portemonnaie, Handy, Schlüssel, eine Packung Fishermen's Friends und zwei Kondome.

Plötzlich rief Enno: »Das ist es!« Schwungvoll ließ er sich auf seinen Bürostuhl sinken und rollte damit quer durch den Raum hinüber zu seinem Computer. Mit der rechten Hand gab er der Maus einen Stups, und der vorher noch schlafende Monitor erwachte zum Leben.

Er klickte auf das kleine Icon des Internet Explorers, das mittig auf seinem Desktop platziert war, um so möglichst schnell und unkompliziert die Verbindung zum Internet herstellen zu können. Seine Finger huschten über die Tastatur, als er in kurzer Folge diverse Suchbegriffe und Befehle in den PC hämmerte. Das Jagdfieber hatte ihn befallen. Er war der Lösung auf der Spur.

Nach etwas Recherche und ein paar Sackgassen aktivierte er schließlich einen Link mit der Endung .com. Die Seite aus Übersee baute sich langsam auf. Frerichs und Vollmers waren mittlerweile neben ihn getreten und starrten gespannt auf den Bildschirm. Eine grün-beigefarbene Website baute sich vor ihren Augen auf. Oben links sprang ihm ein kleines viereckiges Logo, das in vier farbige Teile unterteilt und mit einer gestrichelten Linie, einer Fahne und einem Männchen dekoriert war, entgegen. In großen schwarzen Buchstaben stand das Wort GEOCACHING daneben.

Triumphierend sagte Melchert: »Darf ich vorstellen: www.GEOCACHING.com – The Official Global GPS Cache Hunt Site – die wohl größte Internetseite zum Thema Geocaching überhaupt!«

Die beiden Kommissare sahen ihren Kollegen nur fragend an. Sein breites Grinsen erlahmte. Schnell drehte er sich wieder zurück zum Bildschirm und drückte ein paar Tasten. Sekundenbruchteile später begann ein neben dem Monitor stehender Tintenstrahldrucker einen Screenshot auszuspucken. Als das Blatt vollständig ausgedruckt war, riss Melchert es aus dem Papierausgabeschacht, ging damit hinüber zur großen Pinnwand und heftete es in die Mitte der Tafel.

Er räusperte sich. »Ähm, äh, ich glaube, das hier«, er deutete auf den Ausdruck hinter sich, »ist der Schlüssel zu allem. Das ist des Rätsels Lösung! Das ist die Verbindung zwischen den Opfern.«

Vollmers und Frerichs verstanden noch immer nicht.

»Lass uns nicht länger im Dunkeln stehen«, fuhr ihn Vollmers gereizt an. »Erklär es uns!«

»Also gut«, sagte Melchert und straffte die Schultern. »Es ist und war eigentlich ganz einfach. Wir haben eine Verbindung zwischen den Opfern gesucht, eine Übereinstimmung – das System, nach dem der Täter seine Opfer auswählt, richtig?«

»Ja, richtig«, raunzte Anke Frerichs ihn an. »Das ist doch klar. Halte uns hier keinen Vortrag über die Grundlagen von Polizeiarbeit. Sag uns, was dir aufgefallen ist und wo der Zusammenhang besteht.«

Jetzt grinste Melchert erneut. Er kostete den Moment voll aus, dann antwortete er: »Wir konnten kein System finden. Er wählt seine Opfer nämlich nicht bewusst beziehungsweise gezielt aus. Sie suchen sich ihn aus. Oder besser gesagt, sie gehen ihm in die Falle.«

»Er wählt seine Opfer nicht aus, das heißt, er tötet beliebig?«

»Das könnte man so sagen«, stimmte Enno Melchert zu.

Anke Frerichs musste sich setzen. »Dieses Schwein! Dem ist völlig egal, wen er tötet?«

»Ja«, antwortete Melchert knapp.

»Das würde ihn umso gefährlicher machen!« Vollmers durchlief ein Schaudern. »Wir haben es hier also nicht mit dem Typ Jäger zu tun – unser Kandidat ist ein Fallensteller?«

Enno Melchert nickte.

»Das muss ich erst mal verdauen. Das rückt die Situation natürlich in ein ganz anderes Licht. Wir müssen nun ganz anders an die Sache rangehen. Es könnte also jeden treffen, richtig?« sagte Vollmers.

»Nicht ganz. Ja und nein«, antwortete Enno Melchers. »Ich erklär euch erst mal, was ich herausgefunden habe. Also: Es gibt seit einiger Zeit, genauer genommen ungefähr seit dem Jahr 2000, einen neuen Trend, der sich Geocaching nennt. Unter Geocaching müsst ihr euch so etwas Ähnliches wie eine moderne Schnitzeljagd oder die Jagd nach einem verborgenen Schatz« – bei dem Wort »Schatz« ahmte er mit beiden Händen in der Luft die Gänsefüßchen nach – »vorstellen. Kurz gesagt: Jemand versteckt irgendwo auf der Welt irgendwas – und jemand anders macht sich mit einem GPS-Gerät bewaffnet auf die Suche danach. Die Koordinaten dazu, um das Versteck aufzustöbern, findet er auf solchen Internetseiten wie zum Beispiel www.geocaching.com.«

Vollmers und Frerichs nickten. Sie hatten verstanden.

»Und dann?« fragte Anke Frerichs. »Was macht man, wenn man so einen ›Schatz‹ gefunden hat?«

»Man hinterlässt eine Nachricht. Wie wir im Fall des Mordes in Ohmstede gesehen haben, ist der Schatz in der Regel natürlich kein richtiger Schatz von Wert oder Bedeutung, sondern – wie in diesem Fall – nur ein kleines, wasserdichtes Röhrchen mit einem sogenannten Logbuch darin. Hier trägt der Finder seinen Namen, das Datum und einen Kommentar ein und legt den auch Cache genannten Schatz wieder zurück in sein Versteck, damit ihn der nächste Geocacher finden kann. Und so geht das dann weiter.«

»Verstehe.« Anke Frerichs nickte.

»Meistens gibt der Geocacher dann auch noch auf der Website, über die er die Koordinaten bezogen hat, einen kleinen Kommentar zu dem Cache ab«, fuhr Enno Melchert fort.

»Quasi als Erfolgsmeldung?«

»Richtig!«

»Man gibt zum Beispiel an, ob der Cache leicht oder schwer zu finden war, oder wenn irgendwas Besonderes auf der Suche passiert ist, oder Infos über das Wetter, die Jahreszeit, Muggel oder ...«

»Also Erfolgsmeldung und Erfahrungsbericht?« fragte Anke Frerichs.

»Jupp! Genau so.«

»Muggel? Was sind denn nun wieder Muggel?« fragte Vollmers.

»Das sind Menschen wie ihr«, Enno zeigte auf Vollmers und Frerichs, »Menschen, die nichts mit Geoaching am Hut haben. Uneingeweihte quasi. Der Begriff soll wohl irgendwie witzig sein. Er kommt aus den *Harry Potter*-Büchern. So nennen die Zauberer die normalen Menschen!«

Vollmers schüttelte den Kopf, dann sagte er: »Okay, das habe ich soweit verstanden, aber wie bist du auf das Thema Geocaching gekommen beziehungsweise wie passt das zu unserem Fall? Wo ist die Verbindung?«

Erneut erschien ein breites Grinsen auf dem Gesicht von Enno Melchert.

»Lass dich doch nicht so auf die Folter spannen. Erzähl schon!« drängelte Anke Frerichs.

»Ist ja gut. Lass mir doch den kleinen Triumph«, grinste er. »Es lag eigentlich die ganze Zeit vor unseren Augen und war doch unsichtbar. Ich habe mir die Inventarlisten unserer Opfer noch mal vorgenommen. Der Grundstein meiner Theorie war das GPS-Gerät, das wir in dem Zelt am Kleinen Bornhorster See gefunden haben. Zunächst habe ich ihm keine große Aufmerksamkeit geschenkt. Ein GPS-Gerät bei einem Wanderer oder jemandem, der zeltet, ist nichts Außergewöhnliches.«

»So weit, so gut. Mach hin. Wie bist du nun darauf gekommen?« Vollmers wurde unruhig.

»Okay, okay, ich mache es kurz. Bei den Opfern haben wir Smartphones gefunden. Genau genommen ein Nokia und zwei iPhones von Apple.«

»Und?«

»So kam der Stein ins Rollen. Als ich das iPhone vom zweiten Opfer, diesem Tonno, einschaltete, startete automatisch eine App. Und das war eine Geocaching-App.«

»Eine was?«

»Eine App. Eine Applikation. So nennt man kleine Programme fürs Handy. Mit nur einem Knopfdruck lassen sich so komplizierte und mehr oder weniger nützliche Anwendungen ausführen, zum Beispiel Kalenderfunktionen. Wo finde ich den nächsten Briefkasten? Navigationssysteme, Kontaktdaten und und und. Es gibt mittlerweile unendlich viele Apps.«

»Du hast recht«, Anke Frerichs schlug sich mit der flachen Hand vor den Kopf. »In den Dingern sind mittlerweile fast überall auch GPS-Sender zur Ortung eingebaut, richtig?«

Enno nickte und grinste noch breiter.

»Lass mich raten«, schaltete sich Vollmers ein, »du hast dann auch auf den anderen Telefonen diese Apps gefunden?«

»Jawohl!« antwortete Melchert und schlug sich selbst anerkennend auf die Schulter.

»Ja, ja, ist ja gut! Hast du gut gemacht. Braves Enno!« neckte ihn Anke Frerichs.

»Gut gemacht.« Vollmers nickte ebenfalls anerkennend. Viel mehr Lob war von ihm nicht zu erwarten. Sofort ging er wieder zur Tagesordnung über. »Also gut, wir haben herausgefunden, was die Opfer verbindet und wie sie in die Falle gelockt werden, aber was fangen wir jetzt damit an? Wie kriegen wir das Schwein?«

Enno ergriff das Wort: »Ich rufe Bert Neuhaus an. Den kenne ich noch von der Polizeiakademie. Er unterrichtet da. Sein Fachbereich ist Cyber-Kriminalität. Soweit ich mich erinnere, kennt der sich mit dieser Szene recht gut aus. Vielleicht kann der uns ein paar nützliche Tipps geben.«

»Gute Idee, aber ruf nicht an – fahr hin, schnapp ihn dir persönlich. Bis zur Bloherfelder Straße sind es höchstens zehn Minuten.« Vollmers sah auf die Uhr. »Die Sache eilt. Wer weiß, wie viele Fallen im Moment noch aktiv sind. Jede Minute kann es weitere Tote geben.«

Enno Melchert nickte. Er riss seine Jacke von der Stuhllehne und eilte aus dem Büro.

»Soll ich mitfahren?« fragte Anke Frerichs.

»Nein, ich brauche dich hier. Wir müssen uns etwas einfallen lassen, um weitere Opfer zu vermeiden.«

21

Mit 14 Jahren, genau einen Tag nach seinem Geburtstag, hatte er zum zweiten Mal getötet. Am 26. Februar war endgültig etwas in ihm zerbrochen. Sein Geburtstag fand einfach nicht statt. Er war tatsächlich von allen Menschen um ihn herum vergessen worden, sogar von seinen Eltern und seinen Verwandten. In dieser Nacht, er lag weinend in seinem Zimmer im Souterrain, hatte er beschlossen, dass ihn niemals mehr jemand vergessen würde.

Er würde auf sich aufmerksam machen. Ein für allemal. Der beste Weg, um auf sich aufmerksam zu machen: ein Mord. Das Opfer seiner Wahl: Sein Vater würde sterben! »Sie« hatten es ihm geraten. »Sie« hatten ihn nicht vergessen!

Gute Vorbereitung war alles. Auch in diesem Fall, wie auch schon bei seiner Schwester, hatte ihm das Buch *Schatten der Nacht* von Gustav Schenk, das er auf dem Dachboden seiner Oma gefunden hatte und das er seitdem wie seinen Augapfel hütete, treue Dienste geleistet.

Schenk hatte in der ersten Hälfte des 20. Jahrhunderts mehrere Bücher publiziert, in denen es sich um psychoaktive Substanzen und Zauberpflanzen drehte. Er war sein Seelenverwandter und Lehrmeister, ein fast vergessener Pionier der Drogenkunde in Deutschland. Ein übersehener, aus dem Hintergrund wirkender Wissenschaftsschriftsteller, der auch Romane und Kunstbände geschrieben hatte. Ein Bruder im Geiste.

Diesmal war die Tollkirsche das Mittel seiner Wahl. Der Hauptwirkstoff der Tollkirsche ist Atropin, eines der stärksten Gifte überhaupt. Die tödliche Dosis liegt bei einem Erwachsenen bei circa zehn bis zwanzig Beeren. Er gab es seinem Vater in den Schnaps, von dem er jeden Abend vor dem Schlafengehen ein bis zwei Gläschen als Gutenachttrunk zu sich nahm. Dieser wurde sein letzter.

Verschlagen und hinterhältig verbarg sich die Tollkirsche hinter den 42 % des roten Hengstes der Mackenstedter Kornbrennerei.

Da der Alkohol den Rausch und die atemlähmende Wirkung verstärkte, musste sein Vater nur kurz leiden. Er registrierte gar nicht wirklich, wie ihm geschah. Das Letzte, was er sah, war das Lächeln seines Sohnes.

22

Enno Melchert steuerte seinen dunkelbraunen VW Scirocco vorsichtig aus der Ausfahrt der Polizeischule auf die Bloherfelder Straße in Richtung Präsidium zurück. Der Besuch hatte sich mehr als gelohnt. Er hatte nicht nur seine Theorie als möglich erhärtet, er hatte auch noch wichtige Hinweise und Tipps von seinem alten Kumpel Bert erhalten. Und mehr noch. Sie hatten umgehend so etwas Ähnliches wie einen Plan ausgeheckt. Neuhaus war Feuer und Flamme, hatte ihm sofort seine volle Unterstützung zugesagt und sich sogleich an die Arbeit gemacht.

Umständlich nestelte Enno an seiner Jackentasche herum und versuchte sein iPhone herauszuziehen, was ihm nicht sonderlich gut gelang. Auf Höhe der OLB-Filiale geriet er schlenkernd auf die rechte Spur der doppelspurigen Straße und drängte dabei fast einen blauen Škoda-Kombi mit einem Aufkleber, auf dem »Blaue Sau« stand, auf die Gegenfahrbahn. Unter wildem Hupen und Gestikulieren machte ihm der Fahrer unmissverständlich klar, was er von Ennos Fahrkünsten hielt.

Endlich hatte er das Handy aus seiner Tasche geholt und lenkte den Wagen wieder auf die rechte Spur. Mit dem Daumen entriegelte er das gesperrte Display und wählte aus dem Telefonbuch Vollmers' Nummer. Nach nur zwei Mal klingeln nahm der ab. Enno regelte die Musik runter, *A Forest* von The Cure erstarb abrupt. Er kam ohne Umschweife zur Sache.

»Wir haben eine echt heiße Spur.«

»Erzähl!« sagte Vollmers knapp. Er schaltete auf Mithören, so dass auch Anke Frerichs alle News aus erster Hand hören konnte.

»Okay. Also, auf www.geocaching.com und www.geocaching.de haben wir ihn lokalisiert. Unter dem Nickname ›Trapper Jack‹ finden sich insgesamt sieben Caches für den Raum Oldenburg und umzu. Davon waren drei die, wo wir unsere Opfer gefunden haben: Kleiner Bornhorster See, Museum und in Nadorst am sogenannten Mount Ohmstede.«

»Der Name ist Programm. Ein Witzbold ist der also auch noch, oder was?« mischte sich Anke Frerichs aufgebracht ein.

Mit einem Brummen und einer Handbewegung brachte Vollmers sie zum Schweigen. Aufgebracht drehte sie sich vom Telefon weg und trat wütend gegen einen Rollcontainer. »Erzähl weiter«, sagte er.

»Bert hat sich sofort dran gemacht, alle gängigen Betreiber von Geocaching-Plattformen zu kontaktieren. Wir brauchen alle Daten, die wir über ihn bekommen können. Namen, obwohl er sicherlich nicht seinen richtigen hinterlegt hat, E-Mailadresse, Kontaktdaten, und so weiter – und, wenn wir etwas Glück haben und die Plattformbetreiber kooperieren, seine IP-Adresse. Damit könnten wir ihn vielleicht lokalisieren oder zumindest die Suche eingrenzen.«

»Das hört sich doch schon mal ganz gut an«, antwortete Vollmers. »Oder?«

»Unser Problem ist nur, dass zurzeit noch mindestens vier weitere ›Schätze‹ in Oldenburg und umzu versteckt liegen, die aus dem Profil unseres Killers stammen. Wir müssen sofort handeln! Vielleicht tappt gerade jetzt jemand in die nächste Falle.«

»Verdammte Scheiße, du hast recht! Was machen wir? Kannst du uns die Orte rübergeben? Wo müssen wir hin?«

»Bert hat euch eine genaue Beschreibung der einzelnen Orte und die Anleitung, wie die Caches zu finden sind, rüber gemailt. Ich selbst bin schon unterwegs zur Lamberti-Kirche. Da soll irgendwo auch einer liegen.«

»Wo sind die anderen versteckt?« fragte Vollmers.

»Die anderen Orte sind: das OLantis, auf dem Cäcilienplatz und in der Paul-Tantzen-Straße auf dem Sportplatz vom SV Ofenerdiek, schräg gegenüber der Raiffeisenbank, an der Kreuzung Ofenerdieker Straße«, sagte Enno Melchert.

Durch das Telefon konnte Vollmers hören, wie Melchert seinen 200 PS starken Scirocco quälte und die Gänge fast voll ausfuhr. Mehrfach musste er überholen und entging zweimal nur knapp einem Zusammenstoß. Zum Glück herrschte keine Rushhour mehr, und die Straßen Richtung Innenstadt waren nicht mehr so voll wie noch vor wenigen Stunden.

»Ich kümmere mich von hier aus erst mal darum, dass das OLantis sofort geschlossen wird. Je weniger Leute sich dort aufhalten, desto geringer die Chance, dass sich ein Schatzsucher unter ihnen befindet«, rief Vollmers ins Telefon und legte auf.

Er wandte sich zu Anke Frerichs um. »Du machst dich sofort auf den Weg zum Cäcilienplatz. Sei aber bitte vorsichtig und warte auf Verstärkung. Nicht dass das Schwein uns dort eine Falle stellt.«

Doch sie hörte ihn gar nicht mehr, sie hatte sich bereits ihre Jacke geschnappt und war schon auf dem Weg zur Tür.

23

Eine knappe halbe Stunde bevor Enno Melchert an der Lamberti-Kirche ankam, war Gerd Wanger gerade mit seiner Pizza Funghi und der Cola, die er kurz zuvor im Restaurant Mamma Mia mit Blick auf den historischen Eingang der Kirche genossen hatte, fertig.

Voller Vorfreude hatte er immer wieder die Anleitung auf seinem Handy gelesen, die ihn zu dem versteckten Cache in dem altehrwürdigen Gebäude mit seinen fünf großen Türmen führen würde.

Beiläufig warf er einen Blick hinüber zur Theodor Goerlitz-Statue. Der am 22. März 1921 mit knapper Mehrheit zum Oberbürgermeister gewählte Breslauer blickte von seinem Schreibtisch aus seinen bronzenen Augen teilnahmslos zurück. Bis 1932 war Goerlitz Oberbürgermeister der Stadt Oldenburg gewesen, bis er von den Nazis abgesetzt wurde. Er schuf damals für Oldenburg die Voraussetzungen für die Entwicklung zur Großstadt, er sorgte für die Ansiedlung von Industrieanlagen und gemeindete Osternburg und Eversten ein. 2004 hatte man ihm dafür ein Denkmal Am Markt 1 gesetzt. Die Bronze-Plastik wurde von Waldemar Otto erschaffen. Von ihm und seinen Schülern zierten mittlerweile einige Kunstwerke die Stadt Oldenburg, zum Beispiel Am Cäcilienplatz oder am Stadtmuseum.

Genug Kulturgeschichte für einen Tag, dachte sich Gerd Wanger, steckte den kleinen Stadtführer ein und wandte sich dem Kellner zu, der gerade an seinen Tisch getreten war.

»Isch offe, es hade gesmegede. Dase machte neune Euro achzich, prego.«

Er reichte dem hochgewachsenen Kellner, der mit Sicherheit keine italienischen Wurzeln hatte, beiläufig zwei 5-Euro-Scheine. »Stimmt so«, sagte er und erhob sich.

»Mille mille grazie«, kommentierte der Kellner das großzügige Trinkgeld und begann den Tisch abzuräumen, während Gerd Wanger bereits auf dem Weg in die Kirche war.

24

Anke Frerichs lenkte ihren silbernen Zweisitzer mit Höchstgeschwindigkeit über den Theaterwall, am Staatstheater vorbei und bog mit einem halsbrecherischen Manöver rechts in die Roonstraße ein. Beinahe hätte sie eine junge Frau auf ihrem Hollandrad erwischt. Der Smart geriet ins Schlingern, fing sich dann aber wieder. Anke beschleunigte wieder. Die Automatik schaltete widerwillig zwei Gänge runter. Nach einigen Metern bremste sie scharf und bog vorsichtig im Schritttempo rechts ab in die Cäcilienstraße, stoppte und stellte den Wagen direkt am Eingang zu der kleinen, parkähnlich angelegten Anlage ab. Still und friedlich lag der Cäcilienplatz vor ihr. Sondierend blickte sie sich um. Sie kannte sich hier aus, lag doch ihre Wohnung keine zwei Straßen von hier entfernt. Schon oft hatten sie und ihre Lebensgefährtin hier nach einer durchtanzten Nacht in den Clubs der Oldenburger Innenstadt haltgemacht und manchmal bis zum Sonnenaufgang die romantische Ruhe Hand in Hand oder dicht aneinander gekuschelt genossen. Das würde jetzt wohl vorbei sein. Der Ort hatte seine Magie verloren. Ein potenzieller Schauplatz des Todes war aus ihm geworden. Das kleine Toilettenhäuschen stand rechts vom Park wie ein unbeteiligter Zeuge da und schwieg sich aus.

Nichts und niemand war zu sehen. Ihr Handy piepte. Sie kramte es hervor und schaute aufs Display. Eine SMS aus der Zentrale mit den Hinweisen auf das Versteck mit seinem vermutlich tödlichen Inhalt. Anke stieg aus dem Wagen und scannte das Gebiet routinemäßig ab, wollte eine böse Überraschung vermeiden. Noch immer war niemand zu sehen. Im Hintergrund konnte sie das Heulen von Polizeisirenen hören. Ihre Verstärkung war im Anmarsch. Oder es waren die Kollegen, die unweit von hier, bei der Lamberti-Kirche, Enno Melchert zur Seite stehen sollten.

Vollmers hatte schnell gehandelt. Gut zu wissen, dass man sich auf den alten Hasen immer noch verlassen konnte. Er konnte vielleicht nicht mehr so schnell laufen, aber im Denken und Handeln war er so flink wie eh und je. Anke zögerte. Unweit von ihr stand das Ziel – eine Statue. Das musste es sein. Die Beschreibung in der SMS ließ keinen Zweifel zu. Die Figur schien sie über den kiesbestreuten Weg hinweg geradezu anzustarren. Von Neugier getrieben, bewegte sich Anke auf das Bronzegebilde zu, den Blick starr auf ihr Ziel fixiert. Die von Udo Reimann erschaffene Büste der 1848 in Oldenburg geborenen Bürgerrechtlerin und Lehrerin Helene Lange ignorierte sie. Den im Hintergrund liegenden megalithischen Stein, bearbeitet und geschaffen von Makoto Fujiwara und Karl Prantl, auch. Die Kollegen mussten jede Minute eintreffen. Vorsichtshalber löste sie den Sicherheitsverschluss an ihrem Halfter und ließ eine Hand auf ihrer Waffe ruhen. Es war totenstill um sie herum. Keine Menschenseele hatte sich hierher verirrt. Eigentlich untypisch für diese Uhrzeit.

Vorsichtig umrundete sie die Statue, die von Christa Baumgärtel 1983 zum 100. Geburtstag von Karl Theodor Jaspers aufgestellt wurde. Der schien sie, auf ein dickes Buch gestützt, leicht vornübergebeugt, unnachsichtig und belehrend anzublicken, gerade so, als ob er ihr einen Vortrag über das Leben und den Tod halten wollte. Anke fröstelte. Das Sirenengeheul wurde lauter. Hinter ihr bog ein silberner Passat in die Roonstraße ein und hielt hinter ihrem Smart. Ein Kollege und eine junge Kollegin, die Anke vom Museum her wiedererkannte, sprangen aus dem Wagen und kamen zu ihr hinüber gelaufen.

»Kollegen«, grüßte Anke Frerichs knapp. Die beiden Polizisten nicken wortlos. Wie eingeübt postierten sie sich rechts und links neben der Statue. Anke gab den beiden eine kurze Erklärung zum Sachstand, dann zog sie eine Taschenlampe hervor und begann die Statue vorsichtig Millimeter für Millimeter zu untersuchen.

Sie untersuchte die Statue systematisch von oben bis unten. Zunächst nahm sie sich den Sockel vor, dann den oberen Teil – die eigentliche Statue. Die Augen von Karl Jaspers schienen sie mit eiskaltem und berechnendem Blick zu verfolgen. Gerade als sie zu zweifeln begann, ob hier überhaupt etwas zu finden war, wurde sie fündig. In dem Zwischenraum zwischen Blatt und Sockel steckte etwas. Vorsichtig griff sie in die Nische und zog ein eingewickeltes Päckchen hervor.

25

Schlingernd kam der braune Sportwagen von Enno Melchert vor dem Eingang der Lamberti-Kirche zum Stehen. Der Motor erstarb augenblicklich, knackend und knarzend. Enno sprang aus dem Wagen und rannte auf die riesige Eingangstür der Kirche zu, stieß sie auf und hastete durch den Vorraum hindurch in die Kirche. Irritierte Gäste in der Pizzeria Mamma Mia blickten ihm verwundert hinterher.

Kurz danach hastete Enno Melchert die Stufen im Westturm hoch. Seine Schritte hallten düster durch die wunderschöne Rotunde mit dem im Abendlicht blau schimmernden Kreuz in der Mitte.

Er kam zu spät.

Er fand die Leiche von Gerd Wanger rücklings mit dem Kopf nach unten liegend im westlichen Kirchturm. Die Augen waren weit aufgerissen. Der Mann hatte Schaum vor dem Mund. Erbrochenes rann die Stufen herab. Obwohl er das Ergebnis kannte, fühlte Enno trotzdem den Plus. Wie erwartet – nichts.

Melchert rieb sich mit beiden Händen die Schläfen. Dann schlug er mit der Faust mehrfach gegen die Wand. »Verdammte Scheiße! Scheiße! Scheiße! Scheiße!«

Deprimiert nahm er sein Handy aus der Tasche und tippte: *Zu spät gekommen. Schickt die Spurensicherung. Enno.*

Ein Geräusch ließ ihn zusammenfahren. Reflexartig griff er zu seiner Waffe. Eine Gestalt tauchte im Halbdunkeln auf. Melchert richtete seine Waffe auf sie. »Stehen bleiben«, rief er. Die Gestalt trat vorsichtig noch einen Schritt näher. »Bleiben Sie stehen, verdammt. Hände hoch. Dahin, wo ich sie sehen kann!«

»Was um Gottes Willen geht hier vor?« fragte die Person. Der Küster der Lamberti-Kirche trat ins Licht. Dann erblickte er die Leiche. Sein Gesicht wurde augenblicklich aschfahl.

Enno Melchert senkte die Waffe, zog seinen Ausweis und hielt diesen dem Küster schweigend entgegen.

26

Die Druckmaschinen bei WE-Druck in der Wilhelmshavener Heerstraße 270, wo jeden Tag die aktuelle Nordwest-Zeitung gedruckt wurde, liefen auf Hochtouren. Die nächste Ausgabe musste fertig werden. Man war in Verzug. Kurz nach dem eigentlichen Redaktionsschluss hatte man aus der Peterstraße noch brandheiße News hinterhergeschickt und den Druckvorgang, der bereits angelaufen war, gestoppt. Jetzt musste die verlorene Zeit wieder aufgeholt werden. Die mit Höchstgeschwindigkeit durch die kilometerlange Druckmaschine laufenden Druckfahnen waren zum Zerreißen gespannt. Auf dem Titel prangte jetzt eine neue Titelzeile:

Mord in der Lamberti-Kirche. Serienkiller schlägt erneut zu.

Der Text darunter beschrieb den Leichenfund bis ins kleinste Detail und gab sehr präzise wieder, was sich danach auf dem Marktplatz zugetragen hatte. Dutzende von Polizei-, Kranken- und der Leichenwagen hatten den ansonsten von Marktbeschickern genutzten Platz zu einem Jahrmarkt des Schreckens werden lassen. Schaulustige und Gaffer drängten sich vor der Kirche. Ein Foto von einem sichtlich mitgenommenen Enno Melchert, dem verstört dreinblickenden Küster und dem Abtransport der Leiche im Hintergrund zierte den Artikel. Auf der Folgeseite dokumentierte eine Zusammenfassung die Geschehnisse der letzten Tage. Ein kleines, schon älteres Archivbild wies Werner Vollmers und Anke Frerichs als leitende Ermittler aus. In einem Kurzinterview mit dem Oldenburger Staatsanwalt drückte dieser zwar sein tiefstes Bedauern und Mitgefühl aus, sprach dem Ermittlerteam aber sein ausdrückliches Vertrauen aus und ermahnte zur Ruhe. Auf Seite drei folgte ein ausführlich bebilderter Artikel über die Lamberti-Kirche und ihre Geschichte:

Das Wahrzeichen Oldenburgs entweiht: Die Geschichte der St. Lamberti-Kirche

Viel musste sie während ihrer langen Geschichte erdulden. Mit ihren prägnanten fünf Türmen erhebt sich die St. Lamberti-Kirche am Oldenburger Markplatz. Erbaut zwischen 1155 und 1234 als romanische Saalkirche wurde sie mehrfach umgebaut. Heute lässt der erste äußere Eindruck beispielsweise nicht die sehenswerte, dem römische Pantheon nachempfundene Rotunde vermuten, die Besucherinnen und Besucher im Inneren erwartet und die zu einer der wenigen in Deutschland gehört. Die wechselvolle Geschichte der Kirche beginnt mit dem Umbau zwischen 1377 und 1531 von einer Saalkirche zu einer gewölbten, dreischiffigen gotischen Hallenkirche. Doch in den folgenden 250 Jahren verfiel sie zunehmend. Zwischen 1791 und 1794 ließ man daher in das baufällige Gemäuer eine neue klassizistische Rotunde mit Eingangshalle setzen. Der damalige Herzog Peter Friedrich Ludwig brachte diesen Stil mit nach Oldenburg; er kümmerte sich auch persönlich um die Bauarbeiten an der St. Lamberti-Kirche. Doch bereits ab 1873 wurde die tempelartige Kirche mit Satteldach und ohne Glockenturm nochmals umgebaut. Um die klassizistische Ro-

tunde wurde die noch heute bestehende neogotische Ummantelung gebaut sowie der 86 Meter hohe Glockenturm und vier weitere Türme an den Ecken errichtet. Um den Einbau der Orgel zu ermöglichen, musste 1968 der Haupteingang verlegt und der Innenausbau entsprechend angepasst werden. 2007 wurde die Kirche in der originalen klassizistischen Farbgebung restauriert, die Kapelle wurde zurückgebaut zum Vestibül, die Särge von Graf Anton Günther und seiner Frau sind in die Kirche zurückgekehrt, und auch die Kenotaphe zur Erinnerung an den letzten Grafen und den ersten Herzog fanden wieder ihre angestammten Plätze. Im Ostteil sind neue Räume entstanden, darunter im 1. Stock der große Lambertus-Saal in der neugotischen Apsis der Kirche.[1]

Ein Kommentar von Chefredakteur Herbert Eggers:

Vier unschuldige Menschen sind in den letzten Tagen ermordet worden, sind einem skrupellosen Mörder zum Opfer gefallen. Und was tun unsere Ordnungshüter?

Ergebnisse bisher – Fehlanzeige. Und nun das: Das Oldenburger Wahrzeichen, ein Rückzugsort der Schutz verheißen soll, von einem abscheulichen, schamlosen Verbrecher entweiht. Was mag das bloß für ein Mensch sein, dem nichts heilig ist, was für ein krankes, verstörtes Wesen muss einem innewohnen, das nicht einmal vor dem Haus Gottes Respekt hat? Was auch immer das Opfer Gerd Wanger in der Lamberti-Kirche gesucht hat, gefunden hat er nur den Tod. Interessante Fragen

[1] Quelle: www.oldenburg-tourist.de

tun sich auf, müssen gestellt werden. Was wollte er dort? Und warum war die Polizei so schnell vor Ort? Einen Notruf scheint es nicht gegeben zu haben. Bleibt zu hoffen, dass die Polizei bald die richtigen Antworten findet.

Ansonsten, Gott steh uns bei — und wenn's schon nicht in seinen eigenen vier Wänden klappt, dann hoffentlich wenigstens außerhalb, in unserem schönen Oldenburg. (egg)

Anke Frerichs parkte ihren Smart am Straßenrand vor dem Fernsehhaus Waringer und Müller, direkt gegenüber vom Eingangsbereich des Kulturzentrums Ofenerdiek, in dem heute eine Lesung von Klaus-Peter Wolf stattfand. Wie in den letzten Jahren auch promotete er hier in der ehemaligen Kirche, die vor einigen Jahren zu einem Veranstaltungszentrum umfunktioniert wurde, sein neues Buch. Das neuste Werk trug den Namen *Ostfriesenmoor,* und Anke Frerichs hatte ihrer Freundin versprochen, sie nach der Veranstaltung abzuholen. Nach den Vorfällen am Cäcilienplatz und in der Lamberti-Kirche wäre sie zwar lieber nach Hause gefahren, aber sie wollte Tanja nicht enttäuschen. Zu oft schon musste sie Verständnis für Ankes außergewöhnlichen und beziehungsbelastenden Beruf haben. Deswegen war sie hier und wartete.

Es war mittlerweile fast elf und bereits dunkel. Ein Bus überholte langsam und hielt an der vor ihr liegenden Bushaltestelle. Nur eine ältere Dame stieg aus dem Bus und ging leicht schlingernd

Richtung LzO davon. Anke blickte ihr nach, ohne sie richtig zu sehen.

Die Türen des KO, wie das Kulturzentrum auch genannt wurde, waren immer noch geschlossen. In diesem Jahr hatte Klaus-Peter anscheinend ganz besonders viel zu erzählen. Für Tanja Bremer waren seine Lesungen echte Highlights und ein Muss. Anke Frerichs blickte erneut auf ihre Armbanduhr, da piepte das Handy.

Sie kramte es hervor und warf einen Blick aufs Display. Eine SMS von Enno Melchert. So spät noch?

Hi Anke, komme irgendwie nicht klar. Können wir ...

Sie wollte gerade die Tastensperre deaktivieren, um die ganze Nachricht lesen zu können, da wurde die Tür vom KO aufgestoßen, und die knapp zweihundert Besucher strömten aus der Kirche. Vor dem Tor bildete sich schnell ein Auflauf, da viele mit dem Fahrrad gekommen waren und es natürlich direkt vor dem Eingang angeschlossen hatten.

Anke Frerichs hielt Ausschau nach ihrer Freundin. In Gedanken steckte sie das Handy wieder in die Tasche zurück, ohne die Nachricht gelesen zu haben. In dem Gewühl konnte sie sie nicht entdecken. Plötzlich wurde die Beifahrertür aufgerissen. Erschrocken fuhr sie zusammen. Instinktiv glitt ihre Hand Richtung Hüfte.

»Hallo Anke, grüß dich!« Sie erkannte einen befreundeten Apotheker aus Ofenerdiek, seine Frau stand hinter ihm und winkte. »Was machst du denn hier?«

Erleichtert atmete sie auf. »Hallo Detlef. Ich warte auf Tanja. Sie war im Kulturzentrum bei einer Lesung. Ich hole sie ab, dann wollten wir noch eine Kleinigkeit essen gehen.«

»Das trifft sich ja gut. Wir sind gerade auf dem Weg ins Terazza. Kommt doch einfach mit, ein Tisch ist bereits reserviert.«

Anke Frerichs ließ sich den Vorschlag durch den Kopf gehen. Ein leckerer Salat und ein schönes Glas Wein wären jetzt genau das Richtige. In diesem Moment kam Tanja aus dem KO. Sie erblickte den Wagen und das Apothekerpaar auf der gegenüberliegenden Straßenseite und lief winkend auf sie zu.

Keine zehn Minuten später saßen die vier lachend und scherzend in dem italienischen Restaurant und studierten die Speisekarte. Es wurde trotz all des erlebten Grauens ein entspannter und sehr netter Abend.

Währenddessen überprüfte Enno Melchert immer wieder sein Handy. Doch es tat sich nichts. Das Handy blieb stumm. Vor gut einer halben Stunde hatte er Anke Frerichs eine SMS geschrieben. Und vor circa fünfzehn Minuten noch eine und vor ungefähr acht Minuten eine weitere. Sie hatte bisher nicht reagiert. Und wahrscheinlich würde sie es auch heute Nacht nicht mehr. Werner Vollmers hatte ihn sofort vom Marktplatz aus nach Hause geschickt. Er sollte sich erholen, runterkommen. Doch das funktionierte nicht. Frustriert warf Enno das Handy auf den Stubentisch vor ihm und fuhr sich mit feuchten Fingern durchs zerwühlte Haar.

Es ging ihm nicht gut. Er saß mit dem Rücken gegen sein Sofa gelehnt auf dem Boden in seinem Einzimmerappartement in Kreyenbrück. Eine Flasche Wodka und mehrere leere Dosen Red Bull lagen auf dem Teppich. Der Fernseher lief, aber er starrte nur vor sich hin. Er war hundemüde, doch er konnte und wollte nicht einschlafen!

Seine Gedanken verselbstständigten sich und führten ihn immer wieder zurück zu dem Toten in der Kirche. Sein Magen knurrte. Wann hatte er eigentlich heute das letzte Mal etwas Vernünftiges gegessen? Er war sich nicht sicher. Heute Morgen? Mittags? Er überlegte, ob er noch nach gegenüber zu Burger King gehen und sich einen Whopper holen sollte. Sein Blick wurde glasig, sein Kopf sank langsam nach vorne auf die Brust. Schließlich übermannte ihn doch der Schlaf. Unruhig wälzte er sich auf dem Boden hin und her. Trugbilder und Albträume begleiteten ihn durch die Nacht – bis er wenige Stunden später in der Dämmerung erwachte …

27

Verstohlen schlich er durch die Nacht, zwischen zwei dichtgewachsenen Kirschlorbeerbüschen hindurch, vorbei an den roten Backsteingebäuden zu seiner Linken, dem Gertrud-Mayer-Haus zu seiner Rechten weiter hinüber über den großen Vorplatz hinweg direkt auf das große weiße Gebäude zu. Ganz bewusst wählte er einen Umweg zu seinem Ziel.

Der Wind rauschte in den Wipfeln der Bäume und schluckte seine Schritte. Geschickt wich er einigen Pfützen aus, die sich auf den geteerten Wegen gebildet hatte. Es war nicht mehr weit. Er brauchte jetzt nicht mehr allzu vorsichtig zu sein.

Um diese Zeit würde er mit an Sicherheit grenzender Wahrscheinlichkeit niemanden antreffen. Hier im Siegmund-Freud-Haus, das das Labor beherbergte, herrschte nur montags bis freitags von 7 bis 18 Uhr ein einigermaßen reger Betrieb. Drei Vollzeit- und vier Teilzeitkräfte verrichteten hier unter der Woche ihren Dienst. Jetzt, mitten in der Nacht, konnte er sich hier nach Herzenslust austoben. Es war ein reines Vergnügen, hier zu arbeiten, die Ausstattung war für seine Belange optimal.

Erst 1995 war das Labor im Erdgeschoss des Gebäudes komplett neu eingerichtet worden. Seitdem hatte man sich hier unter anderem auf die Drogendiagnostik spezialisiert. Man hatte nicht an hochwertigen Maschinen und Geräten gespart, nur, und das gereichte ihm jetzt zum Vorteil, die sicherheitstechnischen Aspekte hatte man sträflich vernachlässigt. Ohne große Mühe verschaffte er sich durch den Lieferanteneingang Zutritt. Eine glückliche Fügung, dass diese Tür wegen der täglichen Abholung von Proben, die an andere Labors wie zum Beispiel das Klinikum in Köln geschickt wurden, immer unverschlossen war.

So bot ihm das Labor die idealen Voraussetzungen für die Herstellung seiner tödlichen Cocktails. Und in dieser Nacht hatte er so einiges zu tun. Er frohlockte:

»Wie sagt man so schön? Des einen Freud ist des anderen Tod.«

28

Als Vollmers mitten in der Nacht das Büro betrat, erschrak er. Enno Melchert stand mit dem Rücken zu einem Aktenschrank und mit hinter dem Rücken verschränkten Armen vor ihm. Ein undefinierbares dumpfes Brummen kam aus dem Schrank. »Was machst du denn um diese Zeit hier?« fragte Vollmers und ging an ihm vorbei zu seinem Schreibtisch.

»Ich konnte nicht mehr schlafen«, antwortete Melchert. »Die Aktion in der Kirche ...« Er verstummte.

»Keine schöne Sache«, sagte Vollmers. »Sowas nimmt man mit nach Hause.«

»Wäre ich nur eine halbe Stunde eher da gewesen, hätte ich ihn noch retten können.«

Vollmers sah ihn müde an. »Mach dir keinen Kopf. Du konntest gar nichts tun. Dich trifft keine Schuld. Du hast die Falle nicht gelegt. Und du bist so schnell wie möglich zum vermuteten Tatort gefahren. Außerdem war es bis zu diesem Zeitpunkt ja auch erst mal nur eine Vermutung. Es hätte ja auch sein können, dass da gar nichts ist. Der arme Kerl hat einfach Pech gehabt, du konntest nichts dafür.«

»Trotzdem ...«, setzte Enno Melchert an.

»Nichts trotzdem«, fuhr ihn Vollmers an. »Schluss damit! Es war nicht deine Schuld. In unserem Job sterben Menschen, wir können nur für die Zukunft dafür sorgen, dass es so wenige wie möglich sind. Was stehst du da eigentlich so dämlich vor dem Schrank rum? Was brummt da so komisch?«

Jetzt grinste Enno und zauberte einen Kaffeebecher hinter seinem Rücken hervor. »Käffchen?«

Vollmers runzelte die Stirn. Enno Melchert öffnete theatralisch die Schranktür, und eine dampfende Senseo-Kaffeemaschine kam zum Vorschein. Vollmers musste grinsen.

»Ich nehme auch einen!« Die beiden zuckten zusammen. Hinter ihnen hatte Anke Frerichs unbemerkt das Zimmer betreten.

»Na, dann wären wir ja wieder komplett. Dann mal ran an die Arbeit.«

29

Die Nordwest-Zeitung berichtet:

OLantis überraschend geschlossen. Dringende Bauarbeiten notwendig

An diesem Morgen prangte endlich einmal eine andere Schlagzeile auf der Titelseite der Nordwest-Zeitung. Die örtliche Presse nahm nur verwundert zur Kenntnis, dass das OLantis plötzlich und unerwartet geschlossen werden musste. Nähere Gründe wurden nicht genannt. Ein Sprecher kommentierte die Schließung lediglich mit dringend notwendigen Renovierungsmaßnahmen. Eine nähere Erklärung beziehungsweise die Angabe eines konkreten Defektes blieb er schuldig.

Vollmers las den Artikel mit einer gewissen Befriedigung, waren doch die letzten Ausgaben der Zeitung ausschließlich vom Oldenburger Serienkiller beherrscht worden. Eine wilde Spekulation jagte die nächste. Man verstieg sich in abenteuerliche Theorien, und Unmengen an angeblichen Experten gaben ihren meist wenig sachdienlichen Senf dazu.

Vollmers ließ die Berichterstattung kalt, war er doch über die Jahre einiges gewöhnt. Er wurde gefeiert, niedergeschrieben und wieder gefeiert. Letztendlich zählte nur der Erfolg. Und Erfolg bedeute für ihn, Leben zu retten oder zumindest die Täter für ihre Taten zur Verantwortung ziehen zu können, wenn er und sein Team ihre Arbeit gut gemacht hatten.

30

»Was ist eigentlich mit dem OLantis?« fragte Anke Frerichs, den mittlerweile dritten dampfenden Kaffee in der Hand. Nur langsam ging die Sonne hinter tief hängenden Wolken über dem Friedhofsweg auf.

»Das habe ich sperren lassen. Um keine Unruhe aufkommen zu lassen, haben sie das Wasser aus dem großen Becken gelassen und ein großes Reparaturbanner in den Eingangsbereich gehängt. Herr Beyer, der Leiter, war zwar mehr als unerfreut, aber trotzdem sehr kooperativ. Zwei komplette Teams sind noch immer vor Ort und suchen das Areal ab. Ich warte stündlich auf eine Rückmeldung«, antwortete Vollmers.

»Die Paul-Tantzen-Straße ist sauber. Die Falle ist wieder so ein kleines Röhrchen, lag versteckt hinter der Bank, die mitten auf dem Platz steht. Es wurde zur Analyse in die Rechtsmedizin gebracht. Die Orte werden von zwei Kollegen überwacht, falls der Täter aus irgendeinem Grund zurückkommt.«

»Na, das ist ja wenigstens was. Da kann jetzt zumindest dort kein Schaden mehr angerichtet werden«, sagte Enno Melchert. »Ich habe mich zur Sicherheit mal bei www.geocaching.de und .com angemeldet und die News abonniert. Wenn sich also etwas auf diesem Account tut, kriege ich sofort eine Nachricht aufs Handy. Es ist übrigens auf der zweiten Plattform noch ein Standort dazugekommen: Moltkestraße 19. Ich habe bereits ein Team der Spurensicherung hingeschickt.«

»Die Moltkestraße? Das ist doch direkt beim Cäcilienplatz um die Ecke. Komisch. Warum wohl ausgerechnet da?« warf Anke Frerichs ein.

Enno Melchert zuckte mit den Achseln.

»Auf jeden Fall gute Arbeit, Enno!« sagte Vollmers und klopfte ihm auf die Schulter.

Das Telefon klingelte. Enno Melchert schnappte sich den Hörer und ging ran. Er nickte mehrmals stumm und legte nach einem knappen »Danke, du hast was gut bei mir«, den Hörer auf. Dann drehte er sich zu Vollmers und Frerichs um.

»Das war mein Kumpel Bert. Die IP-Adresse, von der die Einträge auf der Geocaching-Website gemacht worden sind, gehört zu einem Klinikkomplex in Wehnen. Es ist keine eindeutige Adresse zu ermitteln.«

»Die Irrenanstalt? Da haben die doch gerade den jungen Mann eingeliefert, der seine Frau in Osternburg getötet haben soll, oder?« Anke Frerichs sah fragend in die Runde.

»Fachkrankenhaus für Psychiatrie und Psychotherapie«, warf Enno Melchert ein.

»Klugscheißer.« Sie zwickte ihn in den Oberarm.

»Wie auch immer«, fuhr Melchert fort, »die Frau hatte sich vor einigen Wochen von ihrem Ehemann getrennt. Angehörige meldeten sich bei der Polizei, weil sie sie nicht erreichen konnten. Die Kollegen Helmers und Otten fanden später in der Wohnung die Leiche der Frau. Der Mann wurde festgenommen. Die ermitteln jetzt wegen Totschlag. Aktuell ist der Typ nicht vernehmungsfähig und sitzt deswegen in der Klapse.«

»Nicht unsere Baustelle«, unterbrach Vollmers, »das bringt uns jetzt nicht weiter.«

»Na toll, das wäre ja auch zu einfach gewesen«, nörgelte Anke Frerichs.

»Ein Mitarbeiter? Vielleicht über das Firmennetzwerk?«

»Könnte sein, oder jemand hat sich in deren W-LAN gehackt. Dann wird es schwer. Dann könnte es jeder gewesen sein.«

Ratlos und frustriert ließ sich Werner Vollmers in seinen Sessel fallen, rieb sich den schmerzenden Rücken, griff nach seinen Zigaretten und fingerte eine zerknickte Boston hervor.

Anke Frerichs warf ihm einen strafenden Blick zu. Wütend sprang er auf und rannte aus dem Büro. Die Tür schlug knallend hinter ihm zu. Ein Tatortfoto fiel von der Magnetwand.

Langsam lagen die Nerven blank.

Enno Melchert sah Anke Frerichs resigniert an. »Irgendwas müssen wir übersehen.«

»Mag sein, aber was?«

»Ich weiß es nicht.« Er stand auf und ging unruhig umher.

»Also gut. Reset. Nochmal alles von vorne. Wir gehen den ganzen Scheiß noch einmal von Anfang an durch.« Anke Frerichs nahm den Stapel mit den Akten, warf ihn auf den Boden, setzte sich daneben und fing an, sie Stück für Stück durchzublättern. Enno Melchert sah sie verdutzt an, setzte sich schließlich neben sie und griff sich ebenfalls eine Akte.

31

Auch sie hatte ihn schließlich verraten, seine eigene Mutter. Dafür musste auch sie sterben. Die Stimmen hatten es ihm verraten – und er hatte es ihr angesehen. Sie konnte ihm nicht mehr in die Augen sehen, hielt den Kopf gesenkt und versuchte ihm aus dem Weg zu gehen.

Sie konnte einfach nicht mehr schweigend zusehen, wie er in dem Keller seine widerlichen Experimente an streunenden Hunden und Katzen machte. Zu oft hatte sie ihr Schreien und Jaulen gehört. Und dann die unerklärliche Häufung an Todesfällen im Pflegeheim, in dem er seit einiger Zeit als Raumpfleger tätig war. Sie ließen eine dunkle Ahnung in ihr aufkeimen. Sie brauchte keine Beweise – sie wusste, was er tat. Sie kannte ihren Sohn. Zu lange hatte sie ihn geschützt, hatte weggesehen, hatte versucht, ihr Kind, das zu einem Monster herangewachsen war, zu behüten. Mit grausamen Folgen.

Schließlich war sie zur Polizei gegangen.

»Thorsten, ich musste es tun. Verzeih mir«, sagte sie leise unter Tränen. Er antwortete nicht.

Als sich seine Hände um ihren Hals schlossen, hatte sie sich zunächst nicht gewehrt, bis sie mit dem steigenden Druck seiner Hände realisierte, was er da tat. Verzweifelt versuchte sie sich aus seinem Griff zu winden. Doch sie hatte keine Chance mehr. Er drückte immer fester zu – bis schließlich das Leben in ihren Augen erlosch.

Er saß immer noch mit um ihren Hals verkrampften Händen da, als die Polizei eintraf, um ihn abzuholen. Still lief ihm eine Träne über die Wange. Nun war er für immer allein.

32

Die Sonne war bereits seit mehreren Stunden untergegangen, es regnete wieder, und graue schwere Wolken hingen unheilvoll über dem Büro am Friedhofsweg. Werner Vollmers war bereits völlig entnervt nach Hause gefahren. Sein Rücken machte ihm extrem zu schaffen. Die Akten erneut und erneut durchzuarbeiten hatte sie kein Stück weitergebracht. Immerhin war es einen Versuch wert gewesen. Enno Melchert zog gerade ein Blatt Papier aus dem Faxgerät und begann es zu überfliegen, als Anke Frerichs eintrat. Sie trug einen Starbucks Thermobecher mit Kaffee in der einen Hand und einen tropfenden Regenschirm in der anderen. Der Becher war ein Heiligtum für sie. Sie hatte ihn vor Jahren in einem Floridaurlaub gekauft, seitdem war er ihr täglicher Begleiter. Sie schüttelte sich.

»Wieder da«, grüßte sie knapp, stellte den Becher ab und hängte ihre Jacke über die Rückenlehne ihres Stuhls.

»Ja, ja«, antwortete Enno, noch immer vertieft in das Dokument. Langsam schlenderte er zu ihr hinüber. Sie war noch damit beschäftigt, ihren Rechner wieder hochzufahren.

»Das ist gerade reingekommen. Von der Giftnotrufzentrale in Göttingen. Die Antwort auf deine Anfrage nach Todesfällen mit Gift, liest sich sehr aufschlussreich!«

Anke Frerichs fuhr herum. »Gib her«, rief sie und versuchte ihm das Papier aus der Hand zu schnappen. Gerade noch rechtzeitig zog er es zurück und versteckte es hinter seinem Rücken. Schelmisch zwinkernd fragte er: »Na, wie heißt das Zauberwort mit den zwei T's?«

Anke Frerichs verdrehte die Augen. »Flott flott!« antwortete sie leicht genervt und signalisierte ihm mit der ausgestreckten Hand, ihr nun zügig das Fax zu geben. Zufrieden grinsend gab er ihr das Blatt und sah sie erwartungsvoll an, als sie die Zeilen überflog. Mit jeder Zeile weiteten sich ihre Augen. Auf dem Blatt waren alle Giftmorde beziehungsweise giftbedingten Todesfälle der letzten dreißig Jahre samt Namen, Giftart und Opfer aufgeführt. Zusätzlich waren bei einigen Fällen Besonderheiten festgehalten worden. Zwei Fälle fielen Anke Frerichs sofort ins Auge. Ihr Finger wanderte in der Zeile hinüber zu dem Täter. Sie hatten einen Namen. Wie von allein glitt ihre Hand zum Telefon und wählte die Nummer vom Archiv.

»Schickt mir bitte sofort die folgenden Akten ... Und du«, sie schubste Enno Melchert zurück auf seinen Stuhl, »rufst sofort Vollmers an.«

33

Sein Handy klingelte.

Schweißüberströmt schreckte Vollmers aus dem Schlaf. Sein Herz raste, und sein Rücken schmerzte. Vorsichtig tastete er nach seiner Brille auf dem Nachttisch, setze sie auf und schaltete dann seine Nachttischlampe an. Er hatte sich hingelegt, gleich als er nach Hause gekommen war.

Langsam verblassten die Schatten der Nacht. Ein Name aus seinem Traum löste sich nach und nach in Nichts auf. Karl Jaspers. Sollte es wirklich so einfach sein, dachte er.

Er ging ans Telefon. »Ja?«

»Wir haben einen Namen. Du musst sofort kommen!«

Ohne eine Antwort zu geben, legte er auf.

Vorsichtig, um seine Frau nicht zu wecken, versuchte er sich seitlich unter der Bettdecke hervorzuschälen, um dann möglichst lautlos aus dem Zimmer zu schleichen.

Eine Stimme ließ ihn zusammenfahren: »Kaffee?«

»Ja, bitte«, antwortete Vollmers und verschwand im Bad.

34

Vollmers, Frerichs und Melchert saßen in der hintersten Ecke der Kantine im Präsidium am Friedhofsweg 30, ein Stapel Akten und drei Tassen Kaffee vor ihnen auf dem Tisch. Enno Melchert las ihnen Informationen von seinem iPad vor:

»Karl Theodor Jaspers war ein deutscher Psychiater und Philosoph, der weit über Deutschland hinaus bekannt war. Er lehrte u. a. in Basel und wurde 1967 Schweizer Staatsbürger. Geboren wurde er am 23. Februar 1883 in Oldenburg. Nach ihm wurde auch die gleichnamige Klinik in Wehnen benannt. 2008 feierte die Karl-Jaspers-Klinik ihr 150-jähriges Bestehen. Sie wurde damals auch ›Irrenheilanstalt zu Wehnen‹ genannt. Seit 2007 werden dort auf fünf Stationen mit unterschiedlichen Sicherheitsstandards Patienten, die gemäß § 63 StGB untergebracht sind, behandelt.«

Anke Frerichs schlug sich mit der Hand vor die Stirn. »Maßregelvollzug. Sicherheitsverwahrung. Die Karl-Jaspers-Klinik, das Karl-Jaspers-Denkmal, die Moltkestraße 19 und die Tote im Museum in der Karl-Jaspers-Ausstellung. Da haben wir den Zusammenhang. Verdammt, das Schwein sitzt bereits hinter Gittern und bringt trotzdem noch Menschen um.«

»Deswegen auch die IP-Adresse der Klinik. Mist!« ergänzte Melchert.

»Und er hat uns die ganze Zeit drauf gestoßen, und wir haben nichts geblickt. Verdammt.« Vollmers schlug mit der Faust auf den Tisch. »Wir müssen das sofort überprüfen«, sagte er.

Sekunden später zog Enno Melchert sein Handy hervor und wählte eine 9-stellige Nummer ...

35

Das Klingeln eines Telefons drang durch ein geöffnetes Fenster in den Park hinaus. Er erschrak, verbarg sich hinter einem Busch und lauschte in die nun herrschende Stille. Nichts.

Lediglich leises Gemurmel war zu hören. Er kroch vorsichtig ein Stück näher an das Fenster des Verwaltungsgebäudes heran. Leise drang nun eine Stimme an sein Ohr.

»Ja. ... Ja. Einen Moment bitte, ich schaue kurz im System nach.«

Das Geräusch von schnell tippenden Fingern war zu hören. Er kroch noch etwas näher heran, befand sich jetzt genau unter dem offenen Fenster.

»Wie war der Name noch mal? Thomas oder Thorsten? Hartmann?« Leises Stimmengemurmel.

»Thorsten. Thorsten Harders? Ja, den habe ich hier. Hermann-Hesse-Haus, Station A6, zweite Etage, Zimmer 12. Was? Ja klar, wo soll der denn auch wohl hin, das Haus gehört zur Geschlossenen.« Wieder war leises Stimmengewirr zu vernehmen.

»Ja, wird gemacht. Verstanden. Wiederhören.«

Noch ehe der Hörer auf die Gabel traf, hatte er sich ins Dunkel zurückgezogen und war bereits auf dem Rückweg in sein Zimmer. Er hatte Vorbereitungen zu treffen. Das finale Aufeinandertreffen stand kurz bevor.

36

Es war mittlerweile früher Morgen. Es dämmerte bereits, und ein Gewitter entlud sich über der Stadt. Ein Konvoi aus drei Autos raste durch Wechloy in Richtung Ofen durch die Dunkelheit. Mit eingeschaltetem Blaulicht und Martinshorn rasten sie an der Universität, dem Mercedes-Händler und dem Einkaufszentrum Wechloy vorbei. An der Autobahnbrücke ignorierten sie die roten Ampeln. Die Fahrerin eines gelben Mini Cooper Cabrios fuhr fast auf eine Verkehrsinsel auf bei dem Versuch, die Wagen schnellstmöglich vorbeizulassen. Besucher des McDrive-Schalters bei McDonald's sahen ihnen aus ihren Autos heraus interessiert hinterher.

Im Inneren der Einsatzfahrzeuge stieg die Anspannung. Letzte Vorbereitungen wurden in hektischer Betriebsamkeit getroffen. Kugelsichere Westen wurden angelegt, Waffen und sonstige Schutzkleidung kontrolliert, vereinzelt wurden leise Gebete gemurmelt. Nur Anke Frerichs und Enno Melchert saßen schweigend daneben.

Werner Vollmers, der hinterherfuhr, hatte Schwierigkeiten, den zwei Passat Kombis der Polizei mit seinem Saab zu folgen. Beide Hände am Steuer, eine fast abgebrannte Zigarette zwischen den Fingern am Lenkrad eingekeilt, raste er den Einsatzfahrzeugen hinterher. Die Automatik des alten Diesels schaltete wild hoch und runter. Die Scheibenwischer schlugen unaufhörlich quietschend hin und her. Das Gebäude der Stadtbäckerei flog links an seinem Fenster vorbei. In einem mörderischen Tempo näherten sie sich ihrem Ziel, der Karl-Jaspers-Klink in Wehnen.

Eine einsame Fußgängerin konnte sich gerade noch mit einem Sprung auf den Gehsteig vor dem vorbeirasenden Konvoi retten und schubste dabei fast einen ganz in Schwarz gekleideten Fahrradfahrer in die Büsche neben dem Radweg. Er konnte gerade noch ausweichen. Verwundert blickten sie den davoneilenden Fahrzeugen nach. Die Frau fluchte lauthals und schleuderte den Polizeiwagen wütend eine leere Bierflasche hinterher, die klirrend auf der Straße zerbrach.

Der dünne, unscheinbare Mann wischte sich ein paar Regentropfen von seinen Brillengläsern, stieg auf sein Fahrrad und fuhr langsam, mit einem sanften Lächeln auf den Lippen, in Richtung Innenstadt davon.

37

In halsbrecherischem Tempo bogen sie rechts ab auf das von alten Bäumen bewachsene, parkähnliche Gelände der Karl-Jaspers-Klinik. Das große weiße Schild mit dem Blatt und einem K im Logo, auf dem *Fachkrankenhaus für Psychiatrie und Psychotherapie* stand, empfing sie.

Nach etwa hundert Metern passierten sie die Gedenkstätte Alte Pathologie. Das rote Backsteinbauwerk mit dem kreuzförmigen Grundriss wurde 1890 errichtet und diente zunächst als Leichenhalle. Ab 1934 wurde es als Pathologie genutzt.

Vollmers hatte die Gedenkstätte anlässlich ihrer Eröffnung im Jahre 2004 besucht und war entsetzt gewesen, was er dort auf einer der vielen Informationstafeln über deren Geschichte gelesen hatte: *In der damaligen Medizin galten psychische Erkrankungen grundsätzlich als erblich. Die Patienten wurden zu »Minderwertigen« gestempelt und viele von ihnen zwangssterilisiert. Am unteren Ende der psychiatrischen Werteskala standen die unheilbaren Pflegefälle, die als »Ballastexistenzen« eingestuft und getötet wurden. Auch in der Heil- und Pflegeanstalt zeigte dieses Denken seine Wirkung. Ab 1936 wurde die Verpflegung der Anstaltspatienten immer weiter reduziert. In der Folge starben bis 1947 mehr als 1.500 Patienten an Unterernährung, Vernachlässigung und fehlender medizinischer Versorgung. Der Krankenmord war in der Anstalt zur alltäglichen Praxis geworden. Die Alte Pathologie ist der historische Ort, der die Medizinverbrechen in der Heil-*

und Pflegeanstalt Wehnen wie in einem Brennglas sichtbar macht. Denn hier wurden alle getöteten Patienten »durchgeschleust«, sei es zur Aufbahrung oder zur Sektion, bevor sie auf dem nahe gelegenen Anstaltsfriedhof begraben wurden.[2]

Vollmers fröstelte bei dem Gedanken an die vielen unschuldigen Opfer.

Mit blockierenden Rädern kamen sie vor dem Hermann-Hesse-Haus zum Stehen, sprangen aus dem Wagen und rannten ohne Zeit zu verlieren zum Eingang des Gebäudes. Anke Frerichs und Enno Melchert überholten auf dem Weg zur Tür sogar die durchtrainierten Spezialisten des Sondereinsatzkommandos.

Werner Vollmers schleppte sich schnaufend das sterile, schmucklose Treppenhaus hinauf. Er hatte bereits im Eingangsbereich des Gebäudes den Anschluss verloren. Die tägliche Packung Boston forderte ihren Tribut. Anke Vollmers, Enno Melchert und zwei weitere Kollegen waren schon kurz nach der Ankunft an ihm vorbei- und vorausgeeilt. Zwei weitere Kollegen sicherten das Gelände.

Keuchend kam er in der zweiten Etage an und blickte schwer atmend, vornüber gebeugt, die Hände auf die Oberschenkel gestützt, um die Ecke. Er konnte seine beiden Kollegen sehen, die mit gezückten Waffen auf die letzte Tür im Gang zuliefen und im Begriff waren, gradewegs in das Zimmer Nr. 12 von Thorsten Harders einzudringen. Das Jagdfieber hatte sie gepackt. Ein unter Um-

---

2 www.gedenkkreis.de/gedankstaette

ständen lebensgefährliches Fieber. Enno Melchert hatte bereits die Hand an der Klinke.

»Nicht öffnen«, rief Vollmers völlig außer Atem noch, doch viel zu leise. Melchert konnte ihn nicht hören. Er stieß die Tür auf und stürzte ins Zimmer. Anke Frerichs folgte ihm.

Dann brach das Chaos über sie herein. Schmerzensschreie tönten durch den Flur. Leiber stürzten übereinander. Kurz danach wurden Rufe nach einem Arzt laut. Als Vollmers endlich die Tür erreichte, sah er Anke Frerichs und Enno Melchert blutüberströmt nebeneinander auf dem Boden liegen. Sie atmeten kaum noch ...

Vollmers blickte sich suchend im Zimmer um. Nichts. Von Harders fehlte jede Spur.

38

Die Nordwest-Zeitung berichtet:

Fiasko bei Festnahme von Serienmörder. Polizei tappt in Falle – Täter flüchtig

Wehnen Die gestrige geplante Festnahme des mutmaßlichen Serienmörders Thorsten H. in der Karl-Jaspers-Klinik in Wehnen entwickelte sich für die Polizei zu einem Fiasko. Mindestens zwei Beamte wurden beim Betreten des Zimmers des Verdächtigen von einer selbstgebauten Holzkonstruktion schwer verletzt. Ein Beamter liegt im Koma. Thorsten H. saß bereits wegen mehrfachen Mordes und Vergewaltigung im Maßregelvollzug der Anstalt und befand sich in psychologischer Behandlung. Scheinbar war der Täter auf das Erscheinen der Polizei vorbereitet. Wie es dazu kommen konnte, ist unklar. Der Täter ist flüchtig. Die Polizei mahnt zur Vorsicht und bittet um die Mithilfe der Bevölkerung. Personenbeschreibung: Thorsten H. ist ca. 1,75 Meter groß, hat schütteres, blondbraunes Haar, ist als sehr dünn, fast schon hager zu bezeichnen und trägt eine schwarze Nickelbrille. Er gilt als extrem gefährlich. Für sachdienliche Hinweise, die zur Ergreifung des Täters führen, hat die Polizei eine Belohnung von 10.000 Euro ausgesetzt. Bitte wenden Sie sich an die zuständige Polizeidienststelle.

Ein Bild, auf dem ein erschreckend harmlos dreinblickender Thorsten Harders in die Kamera schaute, war neben dem Artikel abgedruckt.

Sicherheitshinweise der Polizei: Laut den Ermittlungen der Polizei fand Thorsten H. seine Opfer unter den Freunden des neuen Trendhobbys »Geocaching«. Die Beamten bitten bis zur Festnahme des Flüchtigen um erhöhte Vorsicht beim Ausüben dieser Freizeitbeschäftigung.

Es folgte ein ausführlicher Artikel über Geocaching und eine Liste mit Internetseiten zu dem Thema.

39

Als Enno Melchert die Augen aufschlug, versank gerade die Sonne mit einem letzten Aufblitzen hinter dem Horizont. Irritiert schaute er sich um. Er befand sich in einem etwa 3 x 4 Meter großen Raum in einem Bett. Es roch nach Desinfektions- und Waschmittel. Rechts neben ihm stand ein weiteres, leeres Bett. Die Bettdecke war zerwühlt. Augenscheinlich hatte dort noch vor kurzem jemand gelegen.

Langsam wurde er etwas klarer und realisierte, wo er sich befand. »Ich bin in einem Krankenhaus. Wie komme ich hierher? Was ist passiert?« flüsterte er krächzend. Sein Mund war staubtrocken.

Ein Geräusch ließ ihn herumfahren. Ein stechender Schmerz durchfuhr seinen Körper.

Eine Tür wurde geöffnet, und eine dunkelblonde Frau mit einem pfiffigen Kurzhaarschnitt trat ins Zimmer. Ihr folgte eine zweite: Anke Frerichs. Auf wackeligen Beinen humpelte sie langsam auf das neben ihm stehende Bett zu.

»Enno! Er ist wach. Endlich!« rief sie, als sie wahrnahm, dass er sie anstarrte. Augenblicklich wurde eine weitere Tür aufgerissen. Werner Vollmers erschien im Türrahmen.

»Enno, verdammt. Gott sei Dank!« rief Vollmers.

»Was ist passiert?« fragte Enno Melchert und blickte noch immer verwirrt zwischen Vollmers, Anke Frerichs und ihrer Lebensgefährtin hin und her.

»Ihr seid dem Fallensteller doch tatsächlich und im buchstäblichen Sinn in die Falle gegangen«, antwortete Vollmers. »Ihr seid wie die Geisteskranken in das Zimmer von Thorsten Harders gestürmt und blindlings in eine vorbreitete Falle getappt. Harders muss uns aus irgendeinem Grund erwartet beziehungsweise geahnt haben, dass wir kommen. Er hat uns in eine sogenannte Punji Trap, eine Punji Falle, laufen lassen. Diese Technik des Fallenbauens wurde damals vom Vietcong im Vietnamkrieg gegen die Amerikaner eingesetzt. Eine einfache, aber sehr effektive Art, seinen Gegner unschädlich zu machen. Beim Öffnen der Tür schlug eine unter der Zimmerdecke befestigte Holzkonstruktion, in der kleine angespitzte Stöcke, mit Exkrementen und Gift bestrichen, steckten, herunter. Sie hat euch mit voller Wucht getroffen und regelrecht von den Beinen gefegt. Die Ärzte hatten echte Schwierigkeiten, euch zurückzuholen. Durch die Exkremente kam zu der ursprünglichen Vergiftung auch noch eine richtig heftige Blutvergiftung dazu. Du, Enno, hast fast drei Tage lang im Koma gelegen. Euer Verhalten war unverantwortlich und mehr als unprofessionell. Ihr hättet draufgehen können.« Vollmers musste tief durchatmen, so sehr hatte er sich in Rage geredet.

»Haben wir ihn wenigsten erwischt?« fragte Enno.

Vollmers schaute zu Anke Frerichs. Die senkte betreten den Blick und schüttelte den Kopf: »Er ist uns leider entwischt. Er hat die Gitter seiner Zelle so unauffällig bearbeitet, dass er zwischen den Stäben jederzeit hindurchschlüpfen konnte. Die

Fahndung läuft. Aber es ist Dr. Braun wenigstens gelungen, etwas Licht ins Dunkel zu bringen.«

»Inwiefern?« fragte Enno und richtete sich etwas auf.

»Sie hat den Code auf dem Zettel entschlüsselt, den Harders uns in Ohmstede zugespielt hat.«

»Ach. Und was steckte dahinter?«

»Es waren Koordinaten. Die Geo-Koordinaten vom Karl-Jaspers-Denkmal am Cäcilienplatz. Er hat uns einen Wink gegeben, und wir haben es nicht gemerkt.«

»Scheiße!« rief Enno und hieb mit der Faust auf sein Kopfkissen ein. »Das hätte ich sehen müssen!«

»Mach dir keine Sorgen, wir kriegen das Schwein schon noch!« sagte Anke Frerichs aufmunternd.

Vollmers schwieg betroffen, aber doch froh, dass Enno Melchert »wieder da« war.

40

Die Nordwest-Zeitung – »Kurz notiert«:

Serienkiller noch immer flüchtig. Polizei fehlt jede Spur. Bevölkerung in Sorge

Oldenburg/Ammerland Nach der missglückten Festnahme des mutmaßlichen Serienmörders und Vergewaltigers Thorsten H. fehlt von ihm noch immer jede Spur. Die schwerverletzten Polizeibeamten befinden sich auf dem Weg der Besserung. Die bisher ausgesetzte Belohnung von 10.000 Euro wurde auf 15.000 Euro erhöht. Sachdienliche Hinweise bitte an die zuständige Polizeidienststelle.

Neben dem Artikel prangte erneut das Foto von Thorsten Harders. Daneben war eines von Werner Vollmers abgedruckt. Darüber provokativ die Frage: »Kann er den Fallensteller doch noch schnappen?«

41

Mehrere Tage waren seit seiner Flucht vergangen. Erfolgreich war er untergetaucht. Ein unauffälliger junger Mann mit seinem Fahrrad – so jemand wie er fiel in Oldenburg nicht auf. Doch nun war es Zeit.

Sie sollten ihn sehen. Alle sollten sie ihn sehen. Niemand sollte ihn jemals wieder übersehen.

Er wischte sich mit dem Ärmel den Schweiß von der Stirn. Der Aufstieg war anstrengend und steil gewesen.

Sein Blick schweifte über das weite Land. Er konnte von hier aus fast ganz Oldenburg überblicken. Ikea, die Lamberti-Kirche und den Fernsehturm. Wunderschön, und doch hatte ihm die Stadt an der Hunte, oder besser die Menschen dieser Stadt, kein glückliches Leben beschert.

Er seufzte. Dann nahm er einen tiefen Schluck aus der mitgebrachten Metallflasche mit dem Schraubverschluss, die er als Kind von seinem Großvater, einem alteingesessenen und angesehenen Oldenburger Apotheker, geschenkt bekommen hatte. Versonnen fuhr er mit dem Daumen über das aufgebrachte Hirschgeweih aus Metall.

Der Sud aus Engelstrompeten brannte in seiner Kehle, bevor er in seinem Magen zu einem sanft lodernden Feuer wurde. Die entspannende und betäubende Wirkung setzte fast augenblicklich ein.

Zeit für eine letzte Nachricht. Seine Finger glitten über die Tastatur des iPhones. Es war das Telefon, das er dem Mann am Kleinen Bornhorster See abgenommen hatte, bevor er bedauerlicherweise von dem anderen gestört wurde. Zum Glück hatte er ein Messer dabei gehabt.

Langsam fiel ihm das Tippen schwerer, der Trank tat seine Wirkung, er musste sich beeilen – er drückte auf Senden. Fertig. Dann steckte der Fallensteller das Handy in die Hosentasche und überprüfte ein letztes Mal den Knoten des Seils, das er sich um den Hals gebunden hatte, auf seine Festigkeit. Die Stimmen in seinem Kopf sprachen ein letztes Mal zu ihm: »Spring!«

Dann breitete er die Arme aus und tat einen letzten Schritt – in die Freiheit.

Sie sollten ihn sehen. Alle sollten sie ihn sehen. Niemand sollte ihn jemals wieder übersehen.

Er war Thorsten Harders. Er war frei.

42

Ein Klingelton, begleitet von einem aufdringlichen Vibrieren, tönte aus dem links neben dem Bett stehenden Nachttisch.

Vorsichtig zog Vollmers die Schublade auf, holte Ennos Handy hervor und gab es ihm. Es war fast leer. Die Akkuanzeige zeigte nur noch fünf Prozent.

Entsetzt starrte Enno Melchert auf das Mobiltelefon. Die Nachricht ließ ihm das Blut in den Adern gefrieren.

***News von Trapper Jack**: Einer Deiner Favoriten hat einen neuen Cache versteckt. Log Dich jetzt ein und starte die Suche. Viel Spaß beim Finden wünscht www.geocaching.com.*

»Verdammt, das Schwein ist noch immer aktiv!« Enno wollte sich aus dem Bett stemmen, zuckte aber zusammen. Vollmers drückte ihn bestimmt auf das Bett zurück.

»Ich kümmere mich darum! Ihr ruht euch aus. Schick mir bitte die Koordinaten auf mein Handy, damit ich sie in mein Navi eingeben kann.«

Er nahm seinen Hut vom Tisch und verließ ohne ein weiteres Wort zu verlieren das Zimmer.

43

Werner Vollmers brauchte das Navigationsgerät nicht mehr, als er sich seinem Ziel bis auf ungefähr einen Kilometer genähert hatte. Er stoppte den Saab direkt an der Ecke Fuldastraße/Werrastraße. Er konnte nun klar und deutlich erkennen, wo er hin musste.

Sein Blick richtete sich gen Himmel. Etwas hing an der Autobahnbrücke, die über die Hunte führte, circa 25 Meter über ihm, an einem langen Seil und schwang wie ein Pendel langsam hin und her: Thorsten Harders.

Vollmers öffnete die Tür und stieg, den Blick noch immer auf das menschliche Pendel gerichtet, aus dem Wagen. Dann kramte er aus seiner Anoraktasche seine Zigaretten hervor und zündete sich eine an. Es war die letzte in der Box. Er knüllte sie zusammen und warf die Packung auf den Beifahrersitz des Saabs.

Es begann zu tröpfeln. Nachdenklich inhalierte er den beißenden Rauch. Was für ein sinnloses Unterfangen das Leben doch manchmal war: so viele Tote, so viel Leid, und noch immer kein Sommer ...

Anmerkung und Danksagung

Alles ist wahr. Nichts ist wahr. Die Handlung und alle handelnden Personen sind frei erfunden. Jegliche Ähnlichkeit mit lebenden oder realen Personen wäre rein zufällig. Oder doch nicht? Die Orte gibt es selbstverständlich – genauso wie sie hier beschrieben sind.

Ich danke meinen Eltern, Kommissar Werner Vollmers, Anke Frerichs und Enno Melchert sowie meinem Stern Marlies, die mich zu einem besseren Menschen gemacht hat und es immer noch tut.

Ein weiteres Dankeschön richtet sich an meinen Erstleser Axel Mittwollen. Auch wenn wir eigentlich gar nichts machen wollten, haben wir doch richtig gearbeitet – im Urlaub in Kühlungsborn. Ein großer Dank geht auch an Andree Buggel, der mich immer mal wieder angepiekt hat, doch das zu tun, was mir wirklich Spaß macht. Das Ergebnis liegt nun vor Ihnen.

Ich bedanke mich ebenfalls bei Timo Neuhaus, der mich auf das Thema Geocaching gebracht und mich dazu auch fachlich beraten hat.

Abschließend geht mein Dank natürlich auch an den Schardt Verlag, hier vor allem an Renée Repotente, die dieses Projekt erst möglich gemacht hat. Danke für dein Vertrauen, Renée!

Axel Berger, 2013

LESEPROBE

DER GRABRÄUBER
Der 2. Roman um das Oldenburger Ermittlertrio Vollmers, Frerichs & Melchert.

Grabschänder verwüsten Oldenburgs Friedhöfe. Leichen werden aus ihren Gräbern ans Tageslicht gezerrt, Asche aus Urnen verstreut. Erste Ermittlungen führen in die Gothic-Szene. Welches Motiv steckt hinter den Taten? Vollmers und sein Team stehen vor einem Rätsel. Als dann auch noch ein Friedhofsgärtner ermordet aufgefunden wird, wird es ernst. Das Team wird in eine Welt von Tod, Teufel und Leichengeruch gezogen ...

Schweigend standen Anke Frerichs und Werner Vollmers vor dem offenen Grab von Dr. Wilhelm Heinrich Schüßler auf dem Gertrudenfriedhof, die Hände tief in den Taschen ihrer Mäntel vergraben, den Kragen hochgeschlagen. Eine bedrückende Atmosphäre lag über der Szenerie.

Hinter ihnen stand das Mausoleum stumm und unbeeindruckt in dicke Laken gehüllt und von Gerüsten umzingelt da und wartete geduldig auf seine Restauratoren. Millionen würde die Restaurierung verschlingen, die von der Deutschen Stiftung Denkmalschutz, dem Land Niedersachen, der Öffentlichen Versicherung und der OLB-Stiftung finanziert wurde und nun schon seit fast zwei Jahren andauerte. Das Herzogliche Mausoleum wurde in den Jahren 1786 bis 1790 auf Veranlassung von Herzog Peter Friedrich Ludwig von

Holstein-Oldenburg errichtet. Außen als schlichter säulenloser dorischer Tempel gestaltet, verfügt das architektonische Kleinod über einen beeindruckenden Innenraum, in dem die Oldenburger Herzöge und Großherzöge seit Peter Friedrich Ludwig und deren Angehörigen ihre letzte Ruhestätte gefunden haben.

Es war 7:45 Uhr in der Früh, und die ersten Kinder fanden sich auf dem Schulhof der Heiligengeisttorschule, die fast direkt hinter ihnen, hinter der Mauer an der Ehnernstraße, lag, ein. Stimmengewirr und das Läuten von Fahrradklingeln tönte gedämpft zu ihnen hinüber. Die Nadorster Straße, die schräg hinter ihnen verlief, füllte sich stetig. Ein immer stärker werdender Strom von Pendlern floss in Richtung Innenstadt.

Flüchtige Nebelschwaden trieben über den Friedhof. Fast hätte man meinen können, man befände sich in einem billigen Gruselstreifen von Edgar Wallace. Fehlte nur noch ein durchgedrehter Klaus Kinski, der, wirres Zeug stammelnd, hinter einer der Grabstätten hervor getorkelt kam. Doch nichts dergleichen geschah. Gott sei Dank.

Vollmers griff in seine Tasche und förderte eine Schachtel Boston und ein altes goldenes Dupont-Feuerzeug zu Tage, das er seinem Sohn vor vier Jahren zu einem echten Schnäppchenpreis abgekauft hatte, als der zu rauchen aufgehört hatte. Nachdem er eine Zigarette aus der Schachtel befreit hatte, ließ er den Deckel des Dupont aufspringen. Es ertönte das charakteristische Geräusch, das nur eines dieser edlen französischen Gasfeuerzeuge zu erzeugen vermochte. Die Hand schützend vor die im Wind tanzende Flamme haltend, zündete Vollmers die Zigarette an, nahm einen kräftigen Zug und ließ dann seinen Blick über den Friedhof und dann wieder zurück zu dem vor ihnen liegenden Grab schweifen. Anke Frerichs' missbilligenden Blick ignorierte er.

»Was wollen wir hier eigentlich?« fragte sie, nachdem Vollmers nach ein paar weiteren Zügen immer noch keine Anstalten machte, ihr zu erklären, was zwei Kommissare vom Dezernat 1, dem Dezernat für Delikte gegen das Leben, an dem Grab eines 1898 verstorbenen Arztes wollten, das offenkundig vor kurzem von irgendwelchen Vandalen geschändet wurde.

»Wolf Krämer hat mich gebeten, ob wir uns die Sache hier nicht mal ansehen könnten. Es ist der sechste Fall von Grabschändung in den letzten drei Wochen«, sagte Vollmers und kniete sich hin, um besser in das etwa zwei Meter tiefe Loch schauen zu können. Von hier aus konnte man grob die Umrisse eines aufgebrochenen Sargdeckels erkennen. Er holte eine Taschenlampe hervor und leuchtete in die Tiefe.

»So weit, so gut«, meinte Anke Frerichs, »aber ein seit über hundert Jahre Verstorbener fällt wohl trotzdem nicht in unsere Zuständigkeit.« Sie rieb sich fröstelnd mit beiden Händen über die Oberarme, um sich etwas aufzuwärmen. Für Ende September war es entschieden zu kalt.

»Da hast du eigentlich recht, aber ich glaube nicht, dass dieser hier schon so lange tot ist«, sagte Vollmers, der den Lichtstrahl der Taschenlampe auf eine aus dem Sarg herausragende Hand gerichtet hielt ...

Mehr norddeutsche Krimis im Schardt Verlag

Reinhold Friedl

Tödliches Tabu
Elbe-Weser-Krimi. Br. 224 S. 12,80 Euro
ISBN 978-3-89841-189-9

Dieser realitätsnahe Regionalkrimi verbindet die traditionelle Detektivgeschichte mit Elementen politischer Korruption und einer zarten Romanze. Auf einer stillgelegten Fähre wird nach einem Schützenfest die Leiche eines jungen Afrikaners gefunden. Der sympathische Lokalreporter Amandus Abendroth, der meist einen Schritt schneller als die örtliche Polizei ist, nimmt die Spur auf. Bei seinen Ermittlungen im Elbe-Weser-Dreieck stößt er auf Drogenschmuggel und andere kriminelle Machenschaften, auf eitle, skrupellose Politiker und undurchschaubare Typen. Die Geschichte weitet sich aus und führt über Oldenburg und Hamburg nach Genf und Ostafrika. Ein unerklärlicher Unfall und ein weiterer Mord geben Rätsel auf ...

Reinhold Friedl

Die große Hochzeit
Elbe-Weser-Krimi. Br. 188 S., 12,80 Euro
ISBN 978-3-89841-540-8

Die ausgelassene Feier nach dem Gewinn des Oste-Pokals endet für die Blau-Weißen Kicker mit einem bösen Erwachen: Eine Spielerfrau wird auf dem Nachhauseweg brutal ermordet; der Schnitt durch ihre Kehle ähnelt einem roten Halbmond. Die gesamte Mannschaft und ihre Gäste sind für die örtliche Polizei tatverdächtig, auch der Lokalreporter Amandus Abendroth, der die Leiche gefunden hat. Das journalistische Trüffelschwein nimmt wieder einmal die Spur auf, immer auf der Suche nach der großen Story. Im Oldenburger Ziegelhofviertel wird sein Freund Raimund durch Verwechslung Opfer einer Autobombe, die Amandus' Benz in Schutt und Asche legt. Schnell wird klar, dass es sich um keinen persönlichen Rachefeldzug handelt, sondern dass der islamistische Extremismus die norddeutsche Provinz erreicht hat. Wie ernst werden die Hinweise genommen, die ein Reitturnier und eine Schiffspassage von der Nordsee nach Hamburg als Ziele terroristischer Anschläge voraussagen? Mit seinem untrüglichen Gespür und unter Einsatz seines Lebens macht sich Amandus Abendroth an die Aufklärung des Falls und kommt so zu der Story seines Lebens.

Reinhold Friedl

Tödliche Schriftrollen vom Nil
Kriminalroman. Tb. 189 S., 12,80 Euro
ISBN 978-3-89841-658-0

Nach einer Feier der Künstlergruppe „De Likedeeler" ist Lokalreporter Amandus Abendroth mit einem Freund auf dem Weg zur Grimmershörnbucht. Doch aus dem geplanten Absacker wird nichts: Am Seezeichen Kugelbake entdecken sie eine Leiche; scheinbar gekreuzigt, in einem weißen Umhang mit rotem Brustkreuz und einer Schakalsmaske. Provinzjournalist Amandus ist immer noch auf der Suche nach der großen Story. Im Haus des Toten stößt er auf wertvolle ägyptische Altertümer, die ihn zu dem Untergang der Huker Galeasse „Gottfried" führen, die 1822 in der Elbmündung sank. An Bord: mitgebrachte Schätze aus dem alten Ägypten. Als Amandus' Informanten nach und nach ermordet werden, scheint klar, dass die mysteriöse Fracht Geheimnisse birgt, die nicht nur das Cuxland erschüttern könnten. Gelingt es dem journalistischen Trüffelschwein, den Zusammenhang zwischen den altägyptischen Relikten und den Morden herzustellen?

Joe Schlosser

Für immer mein
Bremen-Krimi. Br. 336 S., 14,80 Euro
ISBN 978-3-89841-396-1

Die erste Frühlingssonne lockt die Bremer aus ihren Löchern. Nach dem nasskalten Schmuddelwetter tummeln sich die Bewohner überall auf den Straßen und in den Cafés des Steintorviertels. Kriminaloberrätin Mechthild Kayser genießt ihr Wochenende in vollen Zügen. Noch ahnt sie nichts von dem Serienmörder, der in Bremen sein Unwesen treibt und ihr schlaflose Nächte bereiten wird. Denn die Leiche einer Frau, die auf einem verlassenen Gewerbegelände gefunden wird, gibt der Kripo Rätsel auf. Warum trägt die Tote Original-Kleidung aus den sechziger Jahren, und was haben die schönheitschirurgischen Eingriffe zu bedeuten? Während Mechthild Kayser und ihr Team sich auf die Suche nach dem Täter begeben, bereitet dieser in seinem abgelegenen Bauernhaus in einem Dorf nahe der Stadt den Übergriff auf sein nächstes Opfer vor, das seiner Mutter ähneln muss. An verschiedenen Plätzen der Stadt versteckt der Mörder die Leichen, um sich Wallfahrtsorte zu schaffen. Doch wird er sich von seiner Zwangsvorstellung befreien können, bevor Mechthild Kayser ihm auf die Schliche kommt?

Joe Schlosser

Wille zur Macht
Bremen-Krimi. Br. 214 S., 12,80 Euro
ISBN 978-3-89841-494-4

Nicaragua 1985. Die USA unterstützt eine paramilitärische Terrorgruppe bei ihrem Kampf gegen die als kommunistisch erachtete sandinistische Regierung. Um die Bevölkerung vor den Angriffen der Contras zu schützen und den gesellschaftliche Wandel voranzutreiben, macht sich Christian Dunker als Brigadist auf den Weg in das Grenzgebiet Nicaraguas. Noch ahnt er die weitreichenden Folgen seines Handelns nicht ... Zwanzig Jahre später wird in einer Bremer Mietwohnung eine grausam zugerichtete Leiche entdeckt – Dunker ist ermordet worden. Die Leiterin der Mordkommission, Mechthild Kayser, und ihr Team stehen vor einem undurchsichtigen Fall. Was zuerst wie ein Racheakt aussieht, nimmt schnell ungeahnte Ausmaße an. Die Ermittlungen führen bis in lokalpolitische Kreise. Sogar die russische Mafia und der Bremer Verfassungsschutz scheinen eine tragende Rolle zu spielen. Schnell wird klar: Wenn sie diesen Fall lösen will, kann sie sich nur auf sich selbst und ihre Instinkte verlassen – denn trauen kann sie niemandem mehr.

Joe Schlosser

Kein Weg ist lang

Bremen-Krimi. Br. 188 S., 12,80 Euro

ISBN 978-3-89841-648-1

Ein neuer Fall für Bremens Kriminaloberrätin Mechthild Kayser: In Bremens sonst so unantastbarer Oberschicht läuft einiges aus dem Ruder, als der Sohn des Investors Richard Schäfer entführt wird. Die Forderung: eine Million Euro, keine Polizei. Im Knoops Park in Bremen Nord wird eine Leiche entdeckt und gleichzeitig ein Oberneuländer Unternehmer erschlagen. Ein nahezu undurchdringliches Geflecht aus Kriminalität und lokalpolitischen Seilschaften tut sich auf - nahezu unlösbar für die toughe Ermittlerin ...

Dierk Rohdenburg

Gesches Tochter
Bremen-Krimi. Br. 240 S., 12,80 Euro
ISBN 978-3-89841-296-4

Am 21. April 1831 wird die fünfzehnfache Giftmörderin Gesche Margarethe Gottfried auf einem Schafott durch das Schwert getötet. Es ist die letzte öffentliche Hinrichtung in Bremen. 173 Jahre später, im November 2004, sieht sich Kriminalhauptkommissar Martin Brünner mit einer Mordserie in Bremen konfrontiert. Binnen weniger Tage sterben drei Männer auf grausame Weise durch Arsenik – das gleiche Gift, das Gesche Gottfried verwendet hat. Als zudem in zahlreichen Restaurants der Stadt Speisen vergiftet werden, bricht Panik aus. Der Druck auf den Ermittler und sein Team ist groß. Sollte tatsächlich eine neue Gesche in der Hansestadt aktiv geworden sein?

Dierk Rohdenburg

Feuer im Blick
Jugendkrimi aus Delmenhorst. Br. 143 S., 9,80 Euro
ISBN 978-3-89841-347-3

Im Mittelpunkt dieses Jugendkrimis stehen die 17jährige Biggi, Mitglied einer Raver-Clique, und Lukas (20), Zivi und engagierter Kämpfer gegen die rechte Szene. Der Roman handelt von Drogen und Tanz, von Lebensfreude und Verantwortung, von Verletzlichkeit, Unsicherheit und Ohnmacht, und er erzählt von großen Gefühlen und der zerbrechlichen Liebe zweier ganz unterschiedlicher junger Menschen.

Dierk Rohdenburg

Ein Donnerstag im Mai
Bremen-Krimi. Br. 172 S. 12,80 Euro
ISBN 978-3-89841-408-1

An einem Donnerstagabend verschwindet die neunjährige Rebekka aus der Bremer Neustadt spurlos. Sie ist nach einem Treffen mit ihrer Freundin nicht, wie verabredet, bei ihrem Vater angekommen. Polizeikommissar Carsten Schuster nimmt mit seinem Team die Ermittlungen auf, und schnell wird klar, dass das Mädchen Opfer eines Verbrechens geworden sein könnte. Der traurige Verdacht erhärtet sich, als Rebekkas Fahrrad vor einem Supermarkt gefunden wird und eine Schulkameradin sie in einem fremden Auto gesehen haben will. Hat etwa der eigene Vater, der jahrelang nichts von seinem Kind wissen wollte, etwas mit Rebekkas Verschwinden zu tun? Für Carsten Schuster und seine Kollegen beginnt ein Wettlauf mit der Zeit. Werden sie Rebekka lebend finden?
Anhand der Aussagen von Eltern, Verwandten und Augenzeugen sowie Polizeiberichten dokumentiert Dierk Rohdenburg in seinem Krimi das vielschichtige Bild eines Verbrechens. Gleichzeitig eröffnet er den Blick auf ein Tabuthema, das längst traurige Realität in Deutschland ist.

Dierk Rohdenburg

Reliquie

Wildeshausen- und Bremen-Krimi. Br. 374 S., 14,80 Euro

ISBN 978-3-89841-656-6

Während ganz Wildeshausen das alljährliche Gildefest feiert, wird der Kantor der Alexanderkirche in der Sakristei ermordet. Neben der Leiche findet sich eine frische Grabungsstelle – leer! Lag dort eine bislang unentdeckte, wertvolle Reliquie?
Die Journalistin Julia Unger kann am Tatort wichtiges Fotomaterial sichern. Gemeinsam mit Kommissar Ingo Auer macht sie sich, trotz der Rivalität von Polizei und Presse, auf die Suche nach dem Täter und der verschwundenen Reliquie. Doch auch eine religiöse Randgruppe ist auf der Spur des sagenhaften Kirchenschatzes. Hat sie den Kantor auf dem Gewissen?
Während der sonst so beschauliche Luftkurort bei Bremen durch die Schlagzeilen der Medien von Sensationshungrigen heimgesucht wird, führt die Spur der Ermittler in die nahe Hansestadt. Möglicherweise lüftet sich im Dom das Geheimnis um die Reliquie. Im Bremer Gotteshaus lauert jedoch eine weitere Gefahr ...